文春文庫

女の甲冑、着たり脱いだり毎日が戦なり。

ジェーン・スー

女の甲冑《かっちゅう》、着たり脱いだり毎日が戦《いくさ》なり。

ジェーン・スー

はじめに〔文庫版〕

十年前に比べ、私は私にずいぶん満足しています。これでいいのだ！　と思える日は以前よりグッと増えました。加齢を敵と見做さず、うまくできないことがあれば理想と現実の間に今日の落としどころを見つける。そうやって自分にＯＫを出せるようになってきました。

だが、しかし。見栄や思い込みがすべて消滅したわけではありません。自分を幸せにするためにはなにが必要なのか、まだ少しぼんやりしています。

口には出しませんが、私は「都会で働くちょっと個性的な大人の女」でありたいと願っています。人からもそう見られたいし、それが私らしさだとも思っている。でも、ありのままの私がそうだとは言えません。布団から出た瞬間は髪がボサボサ、パジャマは上下バラバラ、意識は朦朧《もうろう》、ぐったり疲れてヘタしたら加齢臭。そこから理想の自分にたどり着くには、心身ともにさまざまな甲冑《かっちゅう》を装着せねばならない。たとえばその日に着る洋服、通勤中に聴く音楽、習い事、休みの日に読む本など。なのに、いつまで経っても甲冑選びがうまくならないのです。

私を私たらしめるはずの甲冑には、まるで一貫性がありません。

日々は満足のいく甲冑探しに忙しく、心のクローゼットはいつもパンパン。ごちゃごちゃの装具を前にファーとため息が漏れ、こんなにあるのにまだ足りないとうなだれる。意気込む朝と尻込みする夜を繰り返し、いまだひとりの戦に明け暮れています。

なぜ、私はいつまでも自分の甲冑に満足できないのでしょうか。「なりたい私」の像がボンヤリしているから？「私らしさ」を把握できていないから？「欲しいもの」と「似合うもの」と「心地よいもの」の区別がつかないから？それらも遠因ですが、つまるところ、不安定な自意識が私の判断を鈍らせているのだと思います。いらないものを集めたり、欲しいものに素直に手を伸ばせないのは自意識のせいだ。三十代半ばのある日、ふと気がつきました。

個性的であることを標榜《ひょうぼう》する私の自意識は、同時に世間の目に怯えてもいます。勝手に定義された女の型に反発しながら、その型にぴったり嵌《は》まる自分をどこかで夢見ています。年を重ねることを受容しながら、指の間からこぼれ落ちる若さをやや感傷的に眺めています。「こんなもんか」と半笑いしながら、やはり自分の容姿を気に病んでいます。理想の私とは相反する、とっくの昔に手放したはずの「常識的な女」幻想にしがみついてしまうことすら、まだあるのです。

「世間」と書きましたが、私自身も世間の一部です。私は世間に育てられているので、当然、自分の心に世間の物差しを持っています。私らしくありたいと願いながら、その物差しで自分を断罪してしまうことを、完全にはやめられていません。たとえばヨガ、赤い口紅、オーガニック生活。やりたきゃやりゃーいいのに、「私だって！」と「私なんかが……」の間でせめぎ合う。京都に興味が持てぬ自分を後ろめたく思う一方で、ハワイに現《うつつ》を抜かす連中に鼻白む。結果、それらの甲冑を軽やかに装着する婦女子をうらやみながら「あのブドウは酸っぱいに違いない」と、いらぬ言葉を吐いてしまう。もう、私は心底疲れました。

ならば、手持ちの甲冑と未入手の甲冑、それぞれを身につけて精査してみよう。なぜそれを渇望するのか、なぜそれを選べない自分を責めるのか、なぜそれを選ぶ他の女が気になるのか、本当に欲しいのか、ここでじっくり考えてみよう。

フランス人は10着しか服を持たないと言うし、ときめくものだけ残せと言う人もいます。思い込みのストッパーを外し、ひとまずぜんぶ試着する。やってみて無理だったら大袈裟に傷付かず、ハハハと笑って次へ行こう。どうしても手放せないなら、納屋にでもしまっておけばいい。

女の甲冑、着たり脱いだり毎日が戦なり。膨れ上がったクローゼットを前に、私は立ち上がりました。よし、扉を開けて風を通すぞ。

目次

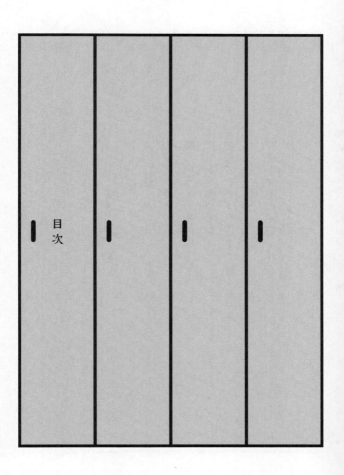

クローゼット1つめ

クローゼット2つめ

クローゼット3つめ

クローゼット4つめ

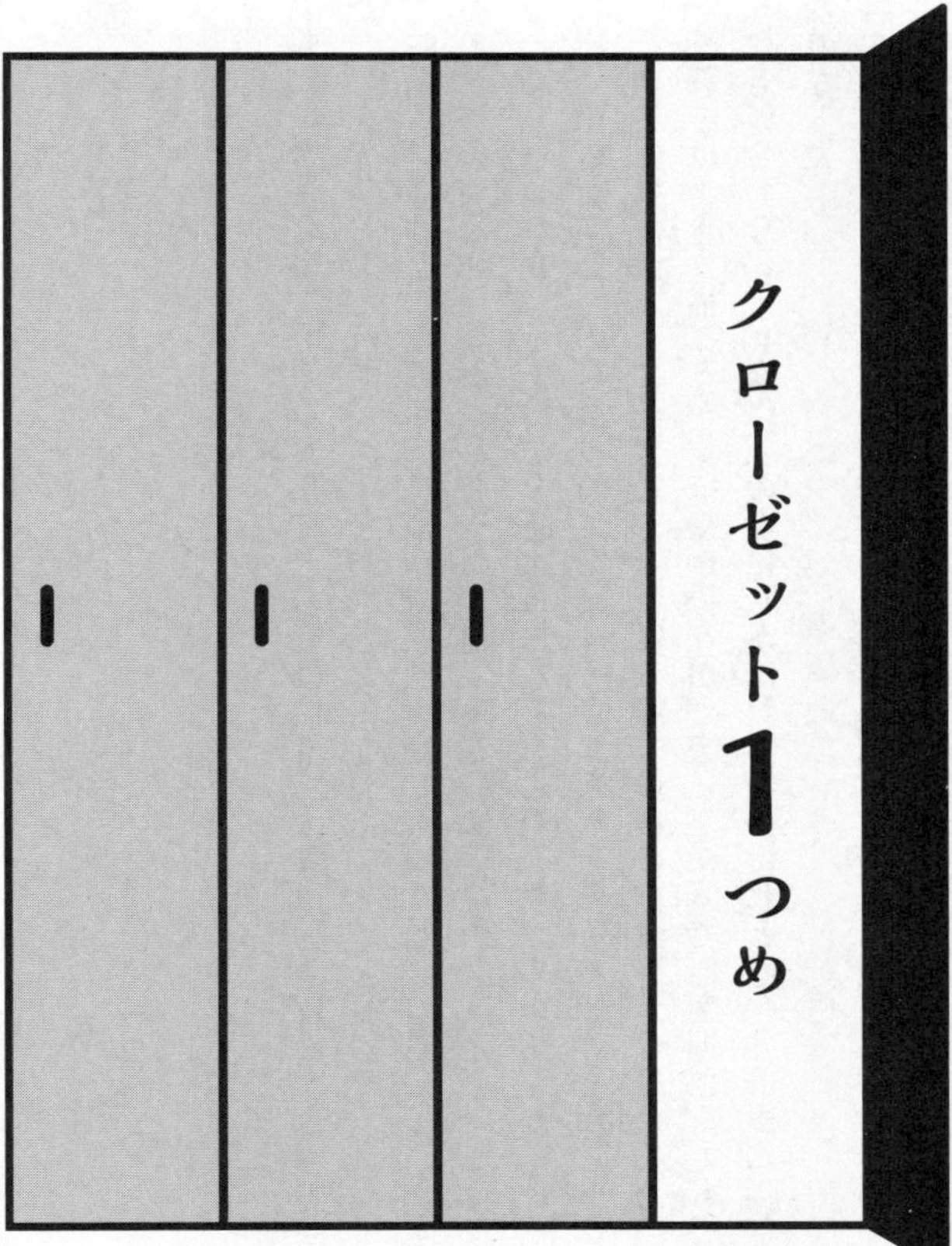
クローゼット1つめ

赤い口紅

幼少期に母の目を盗んでするお化粧と言えば口紅で、赤はいちばんわかりやすいそれでした。唇を赤くしただけで、グッとお姉さんになった気分になるのです。ルージュを引いた瞬間、ヌメッとした膜が唇を覆った感触を今でもなんとなく覚えています。思っていたより、ずっと油っぽかったような。鏡に映る私はヘンチクリンだったけれど、大人になったら、これがバッチリ似合うようになるもんだと思っていました。

次に赤い口紅を試したのは高校時代でしょうか。もうそろそろ似合うかしらと鏡を見れば、そこには唇だけ見事に浮き上がった私の顔。食後の肉食獣か、はたまた口だけ舞子か。輪郭をはっきり描こうが、ぼやかそうが、ティッシュで何度押さえても、どうにもこうにも似合わない。40歳以上の女にしか伝わらないけれど、今井美樹に騙された気分になりました。

今井美樹ショックをご存じない若手のみなさんに、ざっとご説明しましょう。198８年、いまから28年前のことです。モデル兼歌手、ときどき女優だった今井美樹（当時

25歳）が、白いシャツに赤い口紅という当時では斬新なカジュアルスタイルで資生堂のコマーシャルに登場しました。それまでCHANELの赤などセクシーな大人の女性がつけるイメージだった真っ赤な口紅を、さらりと着こなす今井美樹、格好良かった。あのCMを見た多くの女性は、彼女の大きな口を彩る赤に心底あこがれました。そして己の唇に紅をさし、今井美樹とのあまりの違いに面喰らったのです。

あれから幾星霜《いくせいそう》、事態は混迷を極めています。そもそも日本人の黄味がかった肌に赤は難しい。なのに、化粧品会社は毎年毎年、私たちに赤い口紅を勧めてきます。

今年のは違うんですよ！　オークル肌にも馴染みます！　滲みにくいんです！

手を替え品を替えそそのかされ、私は秋の訪れとともに3年に一度は赤い口紅を購入してしまう。そのたび「懐かしい痛みだわ……ずっと前に忘れていた……」と、真っ赤な口が浮いた鏡の前で途方に暮れるのです。

化粧の原体験が赤い口紅なんですから、そりゃあ似合いたいに決まっています。一度ぐらいセクシーな女とやらになってみたい。カジュアルに赤を使いこなしたい。とはいえ、デパートの化粧品売り場を当てもないフリでそぞろ歩き、カウンターで「たまたま手に取ったのがこれだった」という無粋な演技までして新作の赤を試し、鏡に映るクチビルオバケにギョッとしたところでBAさんに「お似合いですね！」などと微笑まれたら、気恥ずかしくて憤死しかねません。赤の口紅が似合わない辱《はずかし》めは、ファンデーションの色がイマイチ合わないのとはワケが違います。

それでは、と試しもせずサッと買えば、結局は帰宅して肩を落とすことになる。そうやって新品同様の赤い口紅がドレッサーの引き出しに増えていきました。もう、半ばあきらめていました。だって、「赤い口紅は日本人の肌には合わない」んだもの。仕方ない。ところが。最近の若い女の子たちはてらいなく韓国メイクを採り入れ、赤い口紅を楽々と乗りこなしているではありませんか。話が違う！

産んでいてもおかしくない年の子たちがうらやましいと白状するのは恥ずかしい。だが、端的に言えば真似したい。私は欲望に駆られまくりました。

そして今年、久しぶりに赤い口紅を買いました。ドラッグストアやコンビニで買える赤いリップクリームやグロスもグッと増えたので、合計すると7本ぐらい買いました。しかし今年も、赤い口紅をつけると私の肌はガツンとくすんで見えるのです。やっぱり騙された。10年前より唇の輪郭も色もぼんやりしてきて、悲しい気持ちに拍車がかかります。

赤い口紅にここまで固執し、揚げ句しょげかえるのは、「女に生まれたからには、いつの日か赤い口紅が似合うようになる」と子どもの私が信じて疑わなかったからでしょう。記号的な女性性を他人から押し着せられたら猛反発するくせに、自分から纏《まと》おうとした記号的な色に拒絶されると気持ちが沈む。随分と身勝手な話かもしれません。たかが赤い口紅ひとつに一喜一憂し過ぎなのもわかってる。でも……。

発情した猿の尻のように赤く染まった唇をぞんざいに拭き、唇のシワに沈んだ赤い色素もそのままに、私はふて寝をしました。どうせ、この色は私には似合わない。

それから数ヵ月後、思いもよらぬことが起こりました。赤い口紅・西の横綱今井美樹に対する東の横綱（と私が勝手に思っている）野宮真貴さんが、ご自身がプロデュースした赤い口紅をプレゼントしてくれたのです。その名もＴＯＫＹＯ　ＲＥＤとＰＡＲＩＳ　ＲＥＤ。なんと洒落た名前でしょう！

スタイリッシュな細身の容器から恐る恐る口紅をひねり出し、私は「あっ！」と声を上げました。そういうことか。真っ赤じゃなくてもいいのか。レンガのように落ち着いたトーンのＴＯＫＹＯ　ＲＥＤを唇に塗ってみると、それは私の顔と肌にとてもよく馴染みました。同封されたお手紙を拝見すると、野宮さんからは「慣れたらＰＡＲＩＳ　ＲＥＤにもトライしてみて」とありました。

東の横綱は、幕下の私に大切なことをふたつ教えてくれました。

ひとつ、赤のバリエーションは広く、黄味がかったオークル肌にも似合う赤はある。

ひとつ、赤の口紅とは「慣れ」である。

「赤と言えば金赤一色！」と視野狭窄《きょうさく》に陥り、広い選択肢には目もくれず勝手に落ち込んでいたのは私。「こんな唇をしていたら笑われる」と自意識過剰に囚われていたのも私。

思い込みのストッパーを外し、似合う色を見つけるまで柔軟に試し、そして慣れるまでつける。ああ、これピンクと和解する過程でも通った道だ。

自分で自分の鎖をちぎったら、ほかの赤い口紅も楽しめるようになりました。メンソレータム リップベビークレヨンの赤もなかなかいいぞ。今では眉毛を描きベビークレヨンの赤を塗ってちょっとした外出もできるようになりました。死にたいくらいあこがれた、カジュアルな赤！

遂に私は赤い口紅を楽しめるようになりました。ありがとう東の横綱！　女にもいろいろいるように、赤にもいろいろあるんですね。

七分丈の憂鬱

あれは2015年初夏のことでした。今年も暑くなりそうだからアレが必要だと思い、私はミッドタウンのユニクロへ行きました。私はたいていソレをユニクロかニッセンで買います。化繊のものは食い込むしムレるので、綿100％を好みます。汗かきなので、着たら毎日ジャブジャブ洗います。そのせいか去年のものは毛玉が出来てヨレていた。だから新しいものをいくつか買おうと思ったのです。色は黒とグレーと、あったらネイビー。

ユニクロに到着し、私はお目当ての商品を探しました。が、どこにもありません。時期的にはまだ売り切れるはずがなし、かといって店頭に並んでいないとも思えない。韓流アーティストのような髪型のシュッとした店員を呼び止め、私は尋ねました。

「すみません。七分丈のスパッ……レギンスありますか？」

「ありません」

韓流君が間髪入れずに答えます。ユニクロは店員の愛想の当たりはずれが日本一デカい小売店だと個人的に思っていますが、今日はハズレだったようです。ないわけが、ない。私は続けました。

「もう売り切れですか？」

「……いえ、今年はご用意がないです。十分丈はこちらにありますけど」

韓流君は涼しい顔で十分丈レギンスの棚に目をやります。そう、そこはさっき見たの。見たけどなかったの。

私は鬼の形相で店を出ました。七分丈レギンスがないなんて、どんだけＢＩＧ ＢＡＮＧだよ。ユニクロも随分怠慢になったな。そう思いました。夏に向けての書き入れ時に七分丈スパッ……レギンスがないなんて。だったらどうやって夏のワンピースを着たらいいの。チュニックの下になにを穿《は》けと言うの。十分丈？　拷問か！　いや、さすがに店員さんが間違えていたのかもしれないな。銀座店ならあるかもね。その頃はまだそう思っていました。

怒りに任せ、いつもより大きな歩幅でズンズン歩いたら青山に着きました。いつ来てもこの街のオシャレな女率は6割5分。すさまじい比率です。オシャレっていったって、そんじょそこらのオシャレさんじゃないですよ。ひと昔前の言い回しなら雑誌からそのまま飛び出してきたような、いまで言うならインスタグラムで万単位のフォロワーがいるような一般人がその辺にゴロゴロいるのです。

やがて、街ゆく女性たちの姿から気が付きました。七分丈レギンスなんて穿いている女、ひとりもいない。嘘。みんないつの間に捨てたの。

おっとこれは大変だ。女性誌のファッションページを読まない私の知らないところで、とてつもない地殻変動が起こっている。焦った私はその足で表参道や恵比寿に向かいました。やはり、七分丈レギンスを穿いている女はひとりもいません。ハーフパンツから細い足を出したり、細めのチノをさっと足首あたりでロールアップしたりした小生意気な女ばかりが街を闊歩《かっぽ》しています。中年ならガチョウと読み間違える、でおなじみのガウチョパンツ着用者は、騒がれているほどはいませんでした。ワイドパンツって難しいですよね。

七分丈レギンサーが見つからないのは、季節が早すぎたからに違いない。もっと暑くなれば誰だって薄手のワンピースを着る。そうしたら、みんなその下に七分丈のレギンスを穿くに決まってる。一縷《いちる》の望みを抱き、私はそのあとも街を彷徨《さまよ》いました。

しかし、その夏TOKYOオシャレスポットで私が見かけた七分丈レギンスの女は、たったひとり。私と同じような腹回りを持つ、五十がらみのご婦人でした。

本当に誰も穿いていない……。これではまるで、私ひとりが無邪気にケミカルウォッシュのジーンズを穿いているようなものではないか。

恐ろしくなり、ネットで「レギンス」を検索します。すると「もうやめて……そろそろ時代遅れのファッションアイテムワースト10」というサイトが出てきて、チュニックの下にレギンスを穿くのはダメだとハッキリ書いてある。そうか、七分丈レギンスはケミカルウォッシュと同義なのか。

余りに腹が立ち、私は家のソファでふんぞり返ります。レギンスをようやく「スパッツ」と言わないようになりかけていた矢先に、これ。だいたい、ユニクロが世間のＩＮとＯＵＴを敏感に察知し七分丈の生産を控えたところが許せない。ユニクロは庶民の味方だと思っていたのに！　いちばん許せないのは、その変化を体感できなかった私のレーダーの劣化です。

そもそも私にはファッションセンスがありません。流行にもうまく乗っかれないし、独自のスタイルも確立できないまま中年になりました。楽な状態にあることが、見栄えの良さより優先される場面が年々増えています。それでも、なにがＩＮでなにがＯＵＴかは、なんとなく受信できていた。しかし、２０１５年夏、とうとうそれができなくなりました。これを中年化と言わずしてなにを中年化と言おうか。

お腹の出た中年にとって、チュニックやワンピースの下にレギンスを穿くスタイルは鉄板です。あれがギリＯＫな限り、日比谷線、銀座線、半蔵門線あたりなら平気で乗れるし、私たちは戦場に残っていられるはずでした。しかし、もうダメだ。我々は馬から落ちた。降りたのではなく、落ちた。私の頭の中に、会ったこともないレギンス同志たちの顔が浮かんできました。彼女たちの肩を抱き、慰め合うイメージが湧いてきて鼻の奥がツンとします。では我が軍は七分丈レギンスという楽ちんアイテムを放棄する？　滅相もない。「楽こそ正義」のモットーが既に我が軍の旗に記されているではないか。

結果、私は「流行り廃《すた》りなんて関係ないわ～」と中年特有のトボケた顔で、ヨレた去年の七分丈レギンスで東京の夏を凌《しの》ぎました。トボケた顔の下で、気持ちは少し塞《ふさ》いでいました。さすがに電車には乗れませんでした。昨日まであんなに便利だと思っていた七分丈レギンスが、憎くてたまらなくなりました。

平気な顔で口笛を吹いても、実はどこかでハッキリ、私は自分のおばさん化におびえています。がっかりしています。それでもなお、オシャレそれ自体に、限られた脳内リソースを割くのははなはだ苦痛でしかない。とは言え、オシャレな人と認識され、期待されるのはもっと苦痛。その実、ダサいと思われたらそれはそれで死だ！

このようにファッションについては「しかし」の類語で文章をつながねばならぬほど不安定な気持ちでいるのが私の現状です。こういう煩わしさと常に隣り合わせに生きるのが、パッとしない中年女が東京に暮らすということなのかもしれません。

都心以外では、七分丈レギンスを穿く同世代女性なんてたくさんいたはずです。私には居住の自由もある。それでも居心地の悪そうな顔で港区渋谷区あたりをウロウロしているのは、私が見栄っ張りだからだよ。知ってるよ。ちくしょう、落馬しても戦場には残ってやる。　また七分丈レギンスが流行るその日まで。

額という名の裸体について

ときに、女の意思は当人が意図する以上にはっきりと身体の部位に顕れます。特に前髪。その形状はメイクと同様に、当人の心持ちを代弁します。額《ひたい》を見せるか見せないか、軽く下ろすか、横に流すか。時代という客観と、意思という主観の掛け合わせが毛量となってクロスするスクランブル交差点、それが額。

さまざまある前髪のなかでも、強固な意思（いや、むしろなにかを成し遂げんとする意志とでも言おうか）を感じさせるのがパッツンです。

パッツン前髪には、いくつかのバリエーションがあります。幼子のように眉毛より上に短く切り揃えられていれば、私はそれを「紋切り型の色気は期待しないでくれ」というメッセージと受け取ります。これを第一のメッセージとするならば、第二のメッセージは年齢によって異なります。若者ならば、パッツンは他愛ない個性の演出装置に見えますが、三十路を過ぎた女の前髪が短めパッツンだと「いつまでも子どもでいたい」トイザらスキッズメンタリティーも同時に醸《かも》してしまう。四十路を越えた女の短めパッツンからは、中年世代に期待される立ち回り、たとえば大人の振る舞いとか、和を以て貴しとなす価値観とか、若手に先を譲る行為などを全力で拒絶する意思を感じます。私は私。納得がいかないときはすぐに顔に出しそうというかなんというか、四十路以上のパッツンには「個」で生きていく決意を感じます。

毛先が揃っていない重ためパッツンは、スタイリッシュな印象とともに多少の不機嫌ヅラもサマになる貫禄を演出します。いま人気の海外アーティストでこの手のパッツンと言えば、テイラー・スウィフト。デビュー当初はスタイル抜群というより背高ノッポさんと呼んだ方がぴったりくる、よく言えば親しみやすい、意地悪く言えば野暮ったいビジュアルのカントリー歌手でしたが、元カレとは絶対絶対ヨリを戻さない！　と強い意志を表明した曲で一躍ポップスターにのし上がってからは重ためパッツンに。もはやディーバの風格さえ漂わせています。

額縁の直線を増やしてボブパッツンにすれば、モード系や生成り系と親和性が高くなる。これは首から下のスタイリングをかなり固定する髪型で、どちらにせよ男にも女にも近寄りがたい印象を与えます。私もトライしたことがありますが、肝心の首から下のスタイリングが追いつかず、クレラップガールズに伯母がいたらこんな感じだろうという大惨事でした。

儚《はかな》さや柔らかさを手軽に演出するゆるふわ巻き髪に眉下長めの厚めパッツンが付いて

いれば、それは一見「私は自分の可愛らしさを素直に肯定しています」というメッセージに見えなくもない。しかし、抜け感のあるサイドの髪と対照的に全力で額を隠すと、隙のなさがかえって目立つのです。

なんにせよ、当人の思惑以上に御し難い印象を与えるのがパッツン。私は前髪に強固な癖があるため、物理的にストンとしたパッツンができません。それでもストレートパーマをかけ、先述のボブパッツン以外にも何度かパッツンにトライしました。そして毎回、おおむね不評。異性からは特にです。それでもパッツンにあこがれたのは、パッツンという甲冑と、私のコントロール不能な自意識の相性が良かったからだと思います。

ちなみに、「女性議員」で画像検索すると、額が見えないパッツン議員の写真はゼロ。現在は退職してフリーになった紺野あさ美ぐらい）。パッツン女がそういった職種を好まないという解釈もありますが、いやーどうだろう、それだけではないような気がします。

女性議員もアナウンサーも、広く人様からの支持を頂いてナンボの商売です。テレビや雑誌などの一方通行のメディアに出ることが多い分、第一印象で不信感や違和感を抱かれてしまうと、信頼を回復するのが難しい職種です。そこにパッツンが少ないということは、大人のパッツンには見る者の心をざわつかせるなにかがあるということでしょう。茶髪は形骸化した不良の象徴なので敬遠されるのもわかりますが、なぜパッツンまでもが？

問題は、パッツンではなく額の露出度なのだと思います。

先述の通り、私はパッツンを甲冑だと思っています。ほかの前髪をそう感じたことはありません。パッツン甲冑がなにを守っているかといえば、素の自分です。おでこなんて顔の3分の1にも満たないのに、ここさえ隠せていれば弱点を隠すだけでなく、強くなれる気さえしてくる。おでこを全開にすると落ち着かないという女性もいます。つまり、額は素の自分と同義。そこに介入されたくないから、進入禁止！　とデカデカ書かれた鉄壁で塞ぐのです。

また、女性議員と女性アナウンサーはどちらも「その口から伝えられる情報に、嘘偽りはない」と聞き手を安心させる必要があります。この二業種でパッツンが見つからないならば、額を隠すと見た目で信用を得づらくなると推察できる。つまり、おでこ丸出しには公明正大さを印象付ける作用がある。やましいことがなにもないから、素の自分をさらけだせると解釈されるのでしょう。

私の場合、異性に軽口を叩かれ頰を膨らますような女に舌打ちし（本当はちょっとやってみたいのに！）、他者との差別化を図りたい自我（それは自信のなさの裏返しとして人を下に見る行為に繫がる！）に振り回され、結果的に自ら御し難いパッツン前髪を纏っていたわけですが、同時に「なぜ誰も軽口を叩いてくれないのだろうか……気の利いた返しをするのに……」などと悩んでいたわけですから、なーに非効率なことをやっていたんだと我ながら呆れかえります。こっちから開いていかなければ、向こうから入ってくることなんてないのです。気の利いた返しを聞かされたくて軽口を叩いてくる異性など、皆無でしょう。

初めてのデートにパッツン黒ブチ眼鏡で登場したことを、最終的には友達関係になった男性から「あのとき『アート系サブカル女きたわー！』って思ったんだよね」と揶揄《やゆ》されたことがあります。好きな格好をしてるだけなのだから放っておいてくれとも思いましたが、そういう印象を持たれたかったわけでもないので凹みました。私はアートについてもサブカルについてもまるで知識がありません。しかし、ほかの女とはちょっと違うと思われたかったのは確か。つまり、姑息にも素の自分を見せずにアドバンテージを取ろうとしていたのです。そして、その作戦は見事失敗しました。

ここまで読んで「私のパッツンには別に深い意味なんてないけど……みんなそうだし」というあなた、アラサーではありませんか？　深キョン、ちょっと前の石原さとみ、小嶋陽菜、ヨンア、神田沙也加。アラサー女たちは刷り込まれたかのように、甘め重ためのネオパッツンを纏います。「30歳近くになってもパッツンなんて若作り？　と思ってたけど、最近の若い子の前髪は、みんな大きめのワンカール。むしろアラサーばっかりよ、この手のパッツンは！」とは、今年29歳になる友人の弁。確かに。奇しくも前髪で年齢を自称しているのがこの世代なのですね。恐ろしいほど雄弁だな、パッツンは。

だからってパッツンやめとけって話ではないですよ。自分の髪なんだから、好き放題やればいい。私だってまたパッツンを纏いたくなる日が来るかもしれない。ただし、意図せぬインフォメーションを他者に与える可能性があること、なんらかの不都合を隠しながら底上げした自分をプレゼンしようとしている可能性があることは肝に銘じておこうと思います。

ＴＲＦを笑う者は

三十代半ばから、安いハンバーガーを食べるとほぼヒャクパーの確率で胃もたれをするようになりました。無念です。にもかかわらず、あのギトギトした脂をたまに味わいたくなるのが困りもの。胃の老化に舌が追いついてないんですよね、まだ。先日、無性にそれを食べたくなったので、出先のマックでチーズバーガーをオーダーしました。やめときゃいいのに、ダブルチーズバーガーを。

ワシャワシャと包み紙を開け、メニューの写真とは似ても似つかぬペシャンコなバーガーにガブリとかぶりつく。口のなかに広がる、パンチの効いたジャンクな味。ああ、美味しい。これぞ、数百円で買える幸せ。私は10分もかけずにダブルチーズバーガーをペロリと平らげ、舌、胃、脳にかなりの満足感を得ることができました。が、そのあとが大変だったのですよ。帰宅してすぐ、まるで睡眠薬でも盛られたかのような睡魔に襲われ、気が付いたらベッドで４時間も寝てました。気絶したみたいに！

年甲斐もなくダブルチーズバーガーなんて食べちゃって、血液が胃に集中し過ぎたのでしょうか。こんなことは生まれて初めてでした。私にはもう、マックのバーガーは無理なのだろう。二十代では、おやつ代わりに食べていたのにねぇ……。胃の重さで深夜に目が覚め、暗い部屋で私は腹をさすります。

この手の胃もたれと時同じくして、私の体は基礎代謝が大幅に下がりました。なにをしても、なかなか体重が減らない。加えて、ようわからんところに肉が付く。腰、二の腕の付け根、首の後ろなど。二十代のデブとは同じ体重でも様子が違う。風呂上がりの鏡に映る油粘土のような関東ローム層のようなでっぷりとした背中に、大きなため息をつかざるを得ません。

そんな四十路が一念発起し、いや、どちらかと言えば血迷って『TRF イージー・ドゥ・ダンササイズ』に手を出しました。累計販売枚数150万枚以上のベストセラーエクササイズDVDです。ほら、コンビニの雑誌コーナーにも置いてあるから見たことあるでしょう? あれ、気になって気になって、仕方がなかったのですよ。

ご存じ90年代半ばの小室ブームを、安室ちゃんたちと一緒に牽引したTRF。CDが5万枚売れたら御の字という現在の音楽業界で、累計販売枚数150万枚以上という強烈な数字をたたき出しました。さすがとしか、言いようがない。だって、ひゃくごじゅうまんまい、ですよ。

TRFがデビューした1993年、大学生だった私は狂乱の小室ブームを「ミーハーどもが馬鹿騒ぎしよって！」と斜めから見ていました。みんなと一緒にブームの波に乗れなかった理由は、いったいなんだったのでしょうか。ＴＲＦの音楽性と自分の好みの乖離《かいり》？　大衆の心を鷲掴みにした小室イズムへの反骨心？　いや、いまにして思えば楽曲の好み以上に、私は「みんなが楽しめるものは、ダサい」と頭から決めてかかっていたのだろう。でもさ、サビの途中で「フォー！」なんて言えなかったよ、ヒップホップ好きな当時の私には。イージードゥーダン！（フォー！）イージードゥーダン！（フォー！）ですよ、恥ずかしい。

なんの疑いもなく「フォー！」と言えるＴＲＦ好きと仲良くなれそうになかったのも、彼らに背を向けた理由のひとつでしょう。みんなの輪に飛び込めない自分と向き合うより、盛り上がる（＝乗り遅れた）現象をシニカルに分析して下に見た気になる方が、「フォーと言えないめんどくさい私」の自意識と戦わずに済む。要は、ＴＲＦを共有するより拒絶する方が楽だった。我ながら、なんかちょっと悲しいお話だな。

あれから20年が経ちました。当時ＴＲＦに夢中でフォー！　と叫んでいた人にも、その光景をシニカル気取りで見ていた私にも、余分な肉がつきました。だからＤＶＤが売れているわけです。１５０万人についた余分な肉を落とすべく、ＳＡＭたちが立ち上がってくれたというわけです。

彼らの立ち姿をＤＶＤの表紙に見て、私はまず仰《の》け反りました。恐ろしいことに、Ｓ

AMを始めとするTRFダンサーズの体型はあの頃からビタイチ変わっていませんでした。贅肉に乗っ取られた中年ゾンビ感はまるでナシ。意思のある体とでも申しましょうか、20年前とは別の意味でまぶしい。このぺったんこなお腹は、ダブルチーズバーガーなんて受け付けないだろうな。夜中に胃もたれで目を覚ますことなんてないんだろうな。でも、中年にしてはちょっと目がギラギラしていやしないかしら。いや、かなりギラギラしているわ。そう言えば、このギラギラも苦手だったんだよな……。私は大学生時代の自分に思いを馳せます。

DVDを見始め、私はギョッとしました。あんなに馬鹿にしていたTRFのヒット曲が全部わかるのです。CDを1枚も持ってないのに、どの曲も結構歌える。これが一世を風靡するということか。ブームに背を向けていた私にも、テツヤ・コムロ・レイヴ・ファクトリー（TRF）のバイブスは完全にインストール済みでした。興味のない態度を取ろうが、20年経とうが、ヒット曲は私の血潮に流れているのだな。いま湘南乃風を鼻で嗤う自称音楽通の若者よ、20年後に「純恋歌」が歌える自分に恐れおののくが良い。

次に私を打ちのめしたのは、画面に現れたCHIHARU（髪の長い女性ダンサー）でした。この人、確か今年49歳。だのに彼女の二の腕は、後ろに従えた二十代のダンサーと同じように引き締まっている。「DVDのジャケット写真はフォトショップで加工されたものかもなぁ〜」などと思っていた数分前の自分が情けないったらありゃしません。だって、あの頃ＴＲＦと一緒にフォー！　と言えなかった私の現在の二の腕は、ＣＨＩＨＡＲＵのふくらはぎより太いのです。なんて残酷な現実でしょう。フォーと言えなかった罰として、私だけ年をとったみたいだよ。ＴＲＦを笑う者は、ＴＲＦに泣くのだな。

打ちひしがれる間もなくＤＶＤは進み、ダンスレッスンが始まりました。悔しいことに私のババ臭さは動き出してからより顕著になります。ＣＨＩＨＡＲＵの言うとおり踊ってみようにも、とにかく体が言うことを聞かないのです。私の腕や足なのに、私の脳の指令通りに動かない。原曲よりかなりスピードを落とし、振り付けもグッと簡単になっているはずなのに、ひとつも満足に踊れません。リズムを無視してピョコピョコと手足だけを動かす私は、下手くそな操り人形のようです。

そんな私を察したかのように、ＤＶＤの画面には、頻繁に「ゆっくり」「出来る範囲で」「無理なく」といった言葉が並びます。余裕たっぷりで踊るＳＡＭとＥＴＳＵとＣＨＩＨＡＲＵの笑顔はひたすら優しく、ホワイトニングしたであろう歯の白さが目に痛い。さっきはギラギラしてるなんて言ってごめんね。いや、ギラギラはしてるんだけど、汗でドロドロしてる私より１００倍マシだよね。

悔しさに半べそを掻きながらも根気よく練習していると、徐々に体も動くようになりました。苦しさと恥ずかしさでどんよりしていた心が、楽しさで少しずつ明るい色に染まっていきます。イージードゥーダン！　イージードゥーダン！　私にも、できる！

そうなるともう、踊ることは残念なほどに楽しい。決して軽やかとは言えないステップを踏むスエット姿の中年女を、93年の私が見たらダサ過ぎて反吐《へど》が出るでしょう。だが、これが現実だ。

実際問題として、運動不足の四十女にはなにひとつＥＺではなかったけれど、出来ない自分を半笑いで受け止められたことに私は己の成長を見ました。ＴＲＦは悪くない。悪いのは偏狭な自意識に囚われていた、あの頃の私。気付けば私は、EZ DO DANCEのサビで腕を高く上げながら「フォー！」とひとり叫んでいました。20年かかって、ようやく雄叫びを上げられた。まぁこれはこれで良かったなと思います。

喪服でPaint It Black!

40歳を過ぎて、仕事関係でお世話になった方の訃報を聞くことが増えました。アラサー時代に届く突然の知らせと言えば結婚だったのに、10年経ったらほぼ同じ頻度で訃報が届く。人生、後半に差し掛かったことを否応なく認識させられる瞬間です。亡くした人を惜しみながら、故人が死に至った理由や残された人のこと、つまり少し不謹慎で下世話な情報を、知らせてくれた人から聞き出して電話を切る。そして洋服ダンスを開く。ここで大きなため息が漏れます。

大切な方を亡くして弱った心に、追い打ちを掛けるのが喪服の洗礼です。普段どんなに若々しく繕《つくろ》っていようとも、喪服に袖を通せば実年齢そのままの姿が鏡に映し出されてしまうから。人が亡くなっているのにそんなことを言っている場合ではないのだけれど、四十路の喪服はなかなかヘビーです。人を亡くした悲しみと、若さを失くしたことを同時に痛感させられるので、悲しみも二倍なのです。

色は黒。丈は中途半端。体のシェイプを綺麗に見せる、もしくは上手く隠す工夫などひとつもされていない服、それが喪服。普段はふんわりした袖や柄模様でごまかされている（はずの）年齢を、白日の下に晒《さら》す服。スリムな人だって同じです。流行の服を着ていればスレンダーに見える肉体も、ひとたび喪服に袖を通せば薄い胸元や細い肩が目立ち貧相な印象になってしまう。

加齢の象徴をすべて打ち消すことは無理でも、丈や色やボリュームや着心地なんかで少しずつ自分と世間の目をくらましながら、騙し騙し生きてきたところに喪服。ああ、喪服。ドカーン！　アメリカの極秘情報を暴露し、ウィキリークスに声明を出したスノーデンのような存在、それが喪服。しかもこの老けリークス情報で得をする人なんてひとりもいないんだから、迷惑な話です。

30年前の中年女は、常に中年らしい格好をしていました。二十代で結婚するのが当たり前、結婚したら女は家に入るのが当たり前。女らしくめかし込むでも、社会人として鎧を着るでもなく、誰もが専業主婦のお母さん然とした格好をしていたように思います。それが、中年女の一般的なファッションでした。ちょっと前に30年前の二十代専業主婦が掲載された雑誌を見たことがありますが、服装はいまの五十代のようでした。辛子色や小豆色といった地味な色使い、中途半端な丈、肌は露出せず、古めかしい髪型。それが流行りというよりは、家庭に入った女はこうあるべきという姿。嫁であり母である女は、女であることを謳歌するのはみっともなかったのでしょう。あんな時代に生まれなくてよかったとホッと胸をなでおろす一方で、さっさと土俵から降りられてうらやましいなと思わなくもない。

最近は女の属性が多様化した上に、ひとつに限定されることもなくなりました。母であり仕事を持ち、なおかつシングルでもある。そういう女性が珍しくなくなってきました。シングル子持ちの女性が30年前のスタンダードお母さんスタイルで仕事をするわけにはいきません。専業主婦にだって、いつまでも女であれ！ と女性誌の中吊り広告が頭上から発破をかけてくる。私みたいな未婚女ならなおさら、女の土俵から降りるのはみっともないと考える人もいる。まぁ、私はかなり諦めモードですが。

加えて、近年では生きている限り若々しくいることがヨシとされる風潮もあります。80歳を優に過ぎた人が山に登る健康食品の広告を見ると、私よりずっと現役感があるなと感心してしまう。それならと一気に老けこんだ格好をすればラクに違いないんだけど、それはそれで自意識が許さないわけです。若さって勝ち負けみたいなところ、ありますからね。年甲斐もなく若づくりをするみっともなさと、若々しくあることへの渇望の間で、私の心は常に揺れ動きます。そして「みっともない」と「年の割に若々しい」の境目を自分で見分けることは、とても困難です。

若さの余力とでも言いましょうか、三十代前半までは巷のどの服を着てもまあまあ見られていた。それが三十代半ばを過ぎた途端、鏡の中の自分に違和感を持つようになります。たとえば、ファストファッションを着るとテキメンに貧乏臭く見えるようになる。ボロは着てても心は錦とはいかず、意気込みだけがFOREVER21の大惨事。

ファストファッションに身を包んだ鏡の中の自分に違和感を持つのは、喪服同様、体形の崩れが主な原因です。尻は垂れ、首は前に出てトルソーとしての力量が年々落ちていく。すると、体重は増えていないのになんかヘン、という現象が起こります。中年は服装で人となりが判断されますから、ドン臭いオバサンと認識されたくなければ、体を鍛えるか、そこそこ値の張る服を着るしかありません。とはいえ、体を鍛えても顔シワシワ髪パサパサなら痛さだけが目立ち、値の張る服にしても、加齢をめくらます奇抜なパターンのパワーオバサン服に手を出したら元も子もありません。どちらにせよ、十中八九ババ臭いのです。

そんな時は敢えて喪服を着用し、鏡に映った自分を凝視する。そして、自分が何歳に見えるかを厳格な目で判断します。どんなに頑張っても、喪服年齢マイナス3歳が己の限界。そう喪服が私を諌《いさ》めます。ああ、ここで「マイナス3歳」を望んでしまう意地汚さを捨てることができたなら。「諦めモード」なんて言いながら、実年齢より少しでも若く見られたら嬉しくなってしまう心根、なんとかならないものかいな。

ところで喪服の中年女にぴったりの歌と言えば、もちろんちあきなおみの「喝采」。年齢を重ねるたびに歌詞が骨身に沁《し》み入り、カラオケで歌う姿がサマになってきます。

30歳を過ぎた女なら、嗜《たしな》みとして歌えるようになっておくと良い曲No.1でしょう。法事のあとにカラオケに行ったことはありませんが、アラフォー以降の女が10人ぐらい集まって、喪服でこれを歌ったら壮観なはず。ということは、中年女にしっくりくる衣装こそが喪服ってことかしらね。確かに、若者にはない凄みが出せそうです。

ハワイ、ねぇ。

家の近所にハワイアンカフェができました。店内から漏れ聞こえるハワイ音楽に癒される〜と言いたいところですが、実際にはハワイに行けない辛さが募るばかりの拷問です。あーあ、ハワイ行きたいなぁ。

あれは10年ちょい前のこと、当時付き合っていた年上の男が、「遅めの夏休みにはハワイへ行こう」と言い出しました。「ええ？　ハワイ？」私は心のなかで眉を顰《ひそ》め、顔では微妙な同意をうっすらと表情に出したか出さなかったか。

ハワイ、ねぇ。

中学時代に家族旅行で一度だけ訪れたワイキキビーチは、まるで熱海の温泉街でした。日本人だらけで猥雑で（当時はエッチなお店がたくさん並んでいた）、中途半端に日本語が通じるレストランで観光客向けの美味しくもないごはんを食べながら、これまた観光客用のフラダンスを見たっけ。そのせいもあって、ハワイと言えば保守派や家族連れがのんびりしにいく、お手軽な観光地というイメージでした。

まぁ、いいけど。ハワイ、ねぇ。

祖父母の時代にはあこがれのハワイ航路、親の世代では通過儀礼、自分の世代ではイケてない連中でも安心していけるベタな観光地。そんな偏見を持っていた私は、当時31歳。結婚もせず子どももおらず（今もですが）、エネルギーが有り余っておりました。

夏休みに海外へ行くのは賛成。だけど、もっと躍動的なところ、アメリカならせめてニューヨークとかロスとか、新たな情報をインプットできる場所に行きたかった。だって狭い東京では感じられない刺激が欲しいじゃない！　見たことないもの、見たいじゃない！　ハワイなんてお手軽な観光地にヒョコヒョコ行く女は、買い物目当ての馬鹿女だとも思っていました。すさまじい色眼鏡！　せっかくの長期休暇に新しい情報を仕入れるでもなく、海しかないハワイに行くなんて負け犬のすること、とさえ思っていたのですから。

結局、「オアフ島以外で」という妥協点に着地した私たちは、マウイ島のへき地にあるリゾートホテルを訪れました。次の夏にもふたりでハワイへ行きました。なんと、前年のハワイがちょう楽しかったのです。今度はハワイ島のリゾート。私が初めて「なんにもしないことも、楽しい」と知ったのは、ハワイでした。

なにごとにも過剰なまでに全力投球する私にとって、旅先でなーんにもせずダラダラする余暇を楽しむには、少々時間が必要でした。手持ち無沙汰に慣れていないのです。

せっかくだから、なんかしなくちゃ勿体無い！　と貧乏根性が剝き出しになり、プライベートビーチでビジネス書を読んで同行者に笑われたこともあります。いまなら絶対そんなことしませんけどね。

調子に乗って、日焼けも気にせずボディーボードもやっちゃいました。大きめのビート板みたいなボードに乗っかって、浜辺に打ち付けられて砂まみれになりながら大爆笑。なにこれ。馬鹿みたいに楽しい。ええい、ままよ。海、空、太陽、万歳！

文系の湿った土に咲いたあだ花のような私が偏屈な態度を取り続けるには、ハワイの懐は広すぎました。完敗でした。下手したら沈む夕日を見て涙を流していたかもしれない。長いものに巻かれる快楽の沼に首まで浸かり、見よう見真似でフラまで踊ってしまいました。あ、解放感の度が過ぎて、ノーブラで外食に出掛けようとして全力で止められたのを覚えています。どこに行ってもやり過ぎてしまうのが私の悪い癖であり、私を私たらしめている特性でもあります。

この男とは翌年に別れましたが、別れた次の夏に新しい女とハワイの街を歩いていたこの男を、女友達が見かけています。あんた好きだねぇ、ハワイ。

ハワイを求めるアラフォー男の気持ち、今なら私にもわかります。仕事に疲れ、人間関係に疲れ、自分にも疲れていたのかもしれません。人生も折り返し地点、新しい刺激なんてとんでもない！　とにかくなんにも考えずにボーッとしたい。すべてをうっちゃり日本を脱出し、視界には「海、空、太陽」程度の最小限の情報しか入れたくない。わかる、いまの私がまさにその状態です。だって疲れているんだもの。理由なき反抗なんてしてる余力がまるでない。そう思ってから一度もハワイに行けてないんですけどね。皮肉なことに、行きたいと願うようになってからのほうがハワイはずっとずっと遠くなってしまった。

パワースポットやヒーリングという言葉を警戒し、免税店や日本未上陸パンケーキにも鼻白みするタイプが、それでもハワイを無視できなくなったら。それは、放電型のリフレッシュが必要な証拠。未知の刺激より不安のない弛緩を欲するのは、加齢のなせる業とも言えるでしょう。そう思うと、少し悲しく、少し楽になります。

あーあ、ハワイ行きたいなぁ。

プチトマトの逆襲

サボテンすら枯らすほど植物育成能力のない私が、去年の春からベランダ菜園を始めました。手始めに近所のホームセンターに行き、鉢と土と肥料を確保。素人でも簡単に育てられると聞き、苗はプチトマトとスペアミントを選びました。ロハス！！！帰宅して軍手をはめ鉢に土と肥料を混ぜ入れていると「好き勝手に生きてきて、今更ベランダ菜園？　あなたやっぱりなにか育てるものが欲しかったんじゃないの？」と、私のなかの意地悪な声が聞こえてきました。子どもを持つことにさほど興味もないまま40歳を過ぎ、人としてなにか欠陥があるのでは？　とライトに己を呪ったこともあるが、結局そこに興味が持てなかったのだから仕方がないでしょう。他にやりたいこともたくさんあったしね。私は私をたしなめました。

そもそも、ベランダ菜園に興味を持ったぐらいで過敏に反応し過ぎです。子どもがいてベランダ菜園をやっている人なんてそこら中にいる。ありもしない深層心理に手を突っ込んでまさぐるよりも、土をまさぐり苗を植えよう。時間は有限なのです。

ズボラが祟《たた》るかと思いきや、水遣りは意外にもすんなり習慣になりました。育てることと自体よりも、自分の口に入るものを作ることに興味があったのかもしれません。目に麗しい綺麗な花を咲かせることにはまったく興味が湧かず、関心を寄せるのは「収穫」の一択。情緒より実利のことばかり考える私が子どもを持たなかったのは、大正解でしょう。

5月。苗はあっという間に背を伸ばし、葉を広げ、茎をたくましく太らせました。枝は想定していたよりずっと大きく横に張り、いつの間にかスペアミントの鉢はプチトマトの葉の下に埋もれてしまった。それはそれはあっという間でした。

6月には黄色い小さな花が枝という枝を飾るようになりました。花は次から次へと咲き乱れ、あとから小さな小さな薄緑の実をつける。なんと可愛らしい！　枝も花も適度に間引いて実を太らせるのが定石とは聞いていましたが、実ったばかりの小さな宝石を切り落としてしまうのは忍びない。もし私がプチトマトだったら、将来の可能性を信じて貰えず、いちばんに切り落とされるに違いありません。絶対にそうです。そう思ったら、不出来な実や伸びすぎた枝を切り落とすことなどできませんでした。「情緒より実利」なんて言ったくせに、結局は感傷に流され、私はすべての枝と実をそのまま放置しました。

6月下旬にはピンポン玉より二回り小さいサイズの丸々とした実がたわわに実り、最初の収穫を迎えました。ただ水を遣り続けただけなのに、親馬鹿ならぬトマト馬鹿になった私は「店で並んでいても遜色ないでしょこのクオリティ！」とひとりテンションをブチ上げます。

テレビで見た農家を気取り、実を傷つけないようパチパチと鋏《はさみ》でプチトマトを切り落とす。光量を気にしながら、収穫後の実をスマホでバンバン写真に撮る。満を持して、はじけんばかりの真っ赤な実を口に含めば、それは糖度が控えめで、子どもの頃に食べたトマトのような懐かしい味がしました。いやー、なんか有意義なことをした気になるな。ベランダ菜園最高でしょ！！！

と、ここまではいい話。それからが辛かった。

ナンバーワンよりオンリーワンと、実ったすべてのプチトマトを放置した結果、7月からは収穫日が怒濤のように続きました。私はマッドサイエンティストでもないのに、採っても採っても数が減らないモンスタープチトマトを生み出してしまったのです。

想像してみてください。未婚ひとり暮らしの女のベランダで、常時100ほどのプチトマトが鈴なりな状態が何ヵ月も続いたんですよ。付き合っている男はプチトマトにあまり興味がない様子。かと言って親に送るわけにもいかないし、育成中の情緒はどこへやら、私はプチトマト消費マシーンになるしかなかったのです。食べて食べて、食べまくりました。

長年ベランダ菜園を嗜む友人のプチトマトが枯れ始めた10月になっても、モンスタープチトマトはまだ花を咲かせました。咲いた花はすべて実をつけました。青々としていた幹は樹木のように茶色く変色し、方々に伸びた枝はとぐろを巻いて薄気味悪い様相になってしまった。どこからどう見てもプチトマトの苗には見えませんし、外から我が家のベランダを見たら、完全に問題のある住人の部屋にしか見えません。

「そろそろ枝を切り落としたら？」と件《くだん》の男からは何度も言われたけれど、切り落とそうとした枝の先に小さな実を見つけてしまうと、私は手に持った鋏をブラーンとさせたまま立ち尽くしてしまうのです。どうにもこうにも、枝が切れない。プチトマトでプチ鬱状態ですよ。どんだけプチプチしてるんだって話ですよ。それ以降実ったトマトは味が悪く、種も大きかったので食べられたものではありませんでした。

何事もやめ時がわからないのが私の短所だと気付いたのは、12月に入ってから。クリスマス前にようやく意を決し、7つのプチトマトが実る房をつけた枝以外をばっさり切り落としました。とぐろを巻いた枝は隣家のベランダまで侵食しつつあったので、潮時でしょう。

断腸の思いで文字通り腸のように長くなった枝を切り落とすと、その枝についた小さな実が悲鳴を上げ……たような気がしました。現実にはプチトマトの悲鳴など聞こえないので、代わりに私が「ギャー！　ギャー！」と叫びます。完全に問題のある住人です。

途中、あまりにも辛くなって目を瞑《つぶ》りながら剪定《せんてい》をしていたら、指をざっくり切りました。自業自得と思うしかありませんでした。

45リットルのゴミ袋がいっぱいになるほどの枝を剪定すると、ベランダは驚くほどスッキリしました。捨てる枝についた実をそのままにすることはできず、諦め悪くひとつずつ枝から外してプランターに入れておいたら、小鳥が全部食べてくれたのでホッとしました。毎朝やってくる鳥のウンコでベランダは汚れたけれど、これも自業自得と思うしかありませんでした。

明けて2016年、なんとモンスタープチトマトはまだ私のベランダに居座っています。「最後の記念に」と残したひと房が、暖冬のおかげで赤く色づいてきたのです。

友人たちは皆、こんな話は聞いたためしがないと大笑いしながら呆れます。私だって、こんなことになるとは思わなかったよ！

なにかを育てることは、こんなにも思い通りにならないものか。こうもコスパの悪いものなのか。無駄な枝を剪定しただけあって、結構大きな実になったもんだな。マイペースに赤みを差していく季節外れのプチトマトを見ながら、私は大きくため息を吐きました。

Ｏｈ！オーガニック！

今回はちょっと同意を得られない予感がビンビンしているのですが、聞いてもらってもいいですかね。野暮を承知で言いますけれども、オーガニックってファッションではないですか。筋金入りのガチな人は「有機」とか「無農薬」って言いますね。確固たる信念を感じさせますし、生活に一貫性があります。酢で髪をリンスするイメージです。

一方、オーガニックを好む人は、酢リンスというエクストリーム行為には及びません。だって酢リンスは素敵なライフスタイルを彩らないもの。酢は酢だもの。オーガニック好きは、オーガニックハーブ配合のノンシリコントリートメントを使うでしょう。

枕詞にオーガニックとつければ、大抵のものは上質なライフスタイルを彩るにふさわしいアイテムに変身します。「布団で寝ています」というより「オーガニック布団で寝ています」のほうが、笑っちゃうけど上質な気がしてしまう。おやつに食べるなら、せんべいよりオーガニックせんべいのほうが日常をアップリフトしてくれるように感じてしまう。オーガニックせんべい布団はダメだけど、多くの物事は枕にオーガニックの一言をつけるだけで、簡単に魔法にかかります。

ライフスタイルを彩ればよい程度のものに、人は一貫性を求めません。数年前、雨後の筍のようにオープンしたオーガニックカフェ（味は二の次）を訪れた客のうち、何％が自炊でもオーガニック野菜や調味料を取り入れていたでしょうか。徹底させた方が偉いわけでもないけれど、オーガニックは30年前のシュガーフリーと同じようなもの。つまり、体に良いことをしているムードが大切です。だって、ムードにお金を出しているのだから。そしてご多分に漏れず、私もそうやって雰囲気にお金を出すひとりです。

いやいや、「オーガニックはファッション」に同意してもらえないと思っているワケじゃないんです。そこまでは同意を得られると確信しています。が、話はまだ続きます。

先日、仕事場の近くにオーガニックカフェがオープンしたので、適当に日常を彩りたいだけの私はいそいそと店を訪ねました。店内の客はデブ率0％、ヨガ率99％（つまり私以外）。二十代後半ならいたたまれずすぐ店から出ていたけれど、四十代にもなると、ほどほどに図々しくなってこういうことが平気になるので最高です。普段は魚肉ソーセージを食べていることはおくびにも出さず、アサイーがどうのこうのというメニューに見入ります。

店内は満席だったので、サラダとスープと玄米のおにぎりで１３００円もするランチをテイクアウトしました。いいのいいの、たまにはこういう愚行もね。そう思いながら食べ始めたのが少し前です。正直、味は期待していませんでした。「オーガニックサラダを食べている私」という絵が重要なのです。私はファッションオーガニスタなのです。

葉野菜を一口、二口と口に入れたあたりで、箸を持つ私の手が止まりました。なにこれ。なにこの美味しさ。葉の味が濃い。水っぽさがまるでない。嫌な青臭さもなく、それぞれの野菜の味の違いがクッキリと際立っている。今まで食べたどのオーガニックものよりウマイ！

オーガニックなんて商売、商売。形骸化万歳！　喜んで騙されます！　そう高をくくっていただけに、虚を衝かれてアワワとなってしまいました。「あの子みんなにニコニコしているけれど、実際は相当腹黒いに違いないよ。ま、それも承知で付き合ってるんだけどね」としたり顔で陰口を叩いていたら、誰もいないところで老婆を助けている「あの子」に出くわしたようなバツの悪さ。あれ？　多少の不便や不満があっても、「良薬口に苦し」と受け入れるところまでがオーガニック経験じゃなかったっけ？　中身よりも雰囲気重視。それが世にはびこるファッション・オーガニックじゃなかったっけ？

私は非常に即物的なので、続けていれば功を奏する作業、たとえば勉学とか、ジョギングとか、結果を得るのに時間がかかるものは大の苦手です。また、「効果が出るのに時間がかかる」という言葉で騙されるのを警戒しています。え？　なんの話かって？　オーガニックの話ですよ。体に良いと謳《うた》われているけれど、続けないと効果が実感できないんでしょう？　だったら私はファッションでいいや。本当に効果があるかわからないし。そうも思っていました。

しかし、思い返せば店内にいた私以外の客は、美肌とスレンダーボディーの持ち主ばかり。それはつまり、継続的オーガニックライフはそれらを獲得するのに功を奏するということ。また、あなたもどうせファッションでしょ？　と思っていた彼女たちには、オーガニックライフを続ける胆力があるということ。私にはない胆力が。オーガニックなんてファッションファッションと嗤い、それでもなお惹かれる自分を呪い、やがてそれを赦《ゆる》し、どうせ形だけでしょでもそれが好きな自分も受け止めちゃうでしょと半笑いで嗜んでいたら、どうやら私だけがファストファッショニスタだったようです。

売り手（生産者ではない）は買い手の雰囲気重視な特性に甘えてイメージ先行型の割高な商売をし、買い手はその上澄みをすすって満足する共依存の関係。そこにちょいとお邪魔してニヤニヤするだけのつもりが、雰囲気以上に味の良さにハマってしまった。ミイラ取りがミイラになるとはこのことです。わーい！　オーガニック最高！　と手放しで浮かれたら良いのでしょうか？　それとも「偏見にまみれていた過去の私をお許しください」と土下座すれば良い？　いや、どちらも尻の座りが悪すぎる。

丁寧に育てられた新鮮な野菜は、高いが美味い。当たり前のことをオーガニックという言葉に目眩《めくら》まされ見失っていただけなのですが、いまさらどのツラ下げて輪の中に入っていけばよいのかわかりません。またこの店に足を運ぶことは間違いないのだけれども、「味が好き」という浅はかな理由だけでも受け入れてもらえるかしら。え？　受け入れてもらおうとしているの？

うっわーーーー！　あんなに卑屈な態度で接していたのに、普通にオーガニック野菜が好きな人になっちゃったよ。この恐怖、どなたかご理解いただけますでしょうか。こりゃ近々、起きぬけに白湯を飲み始めかねんぞ、私。

クローゼット2つめ

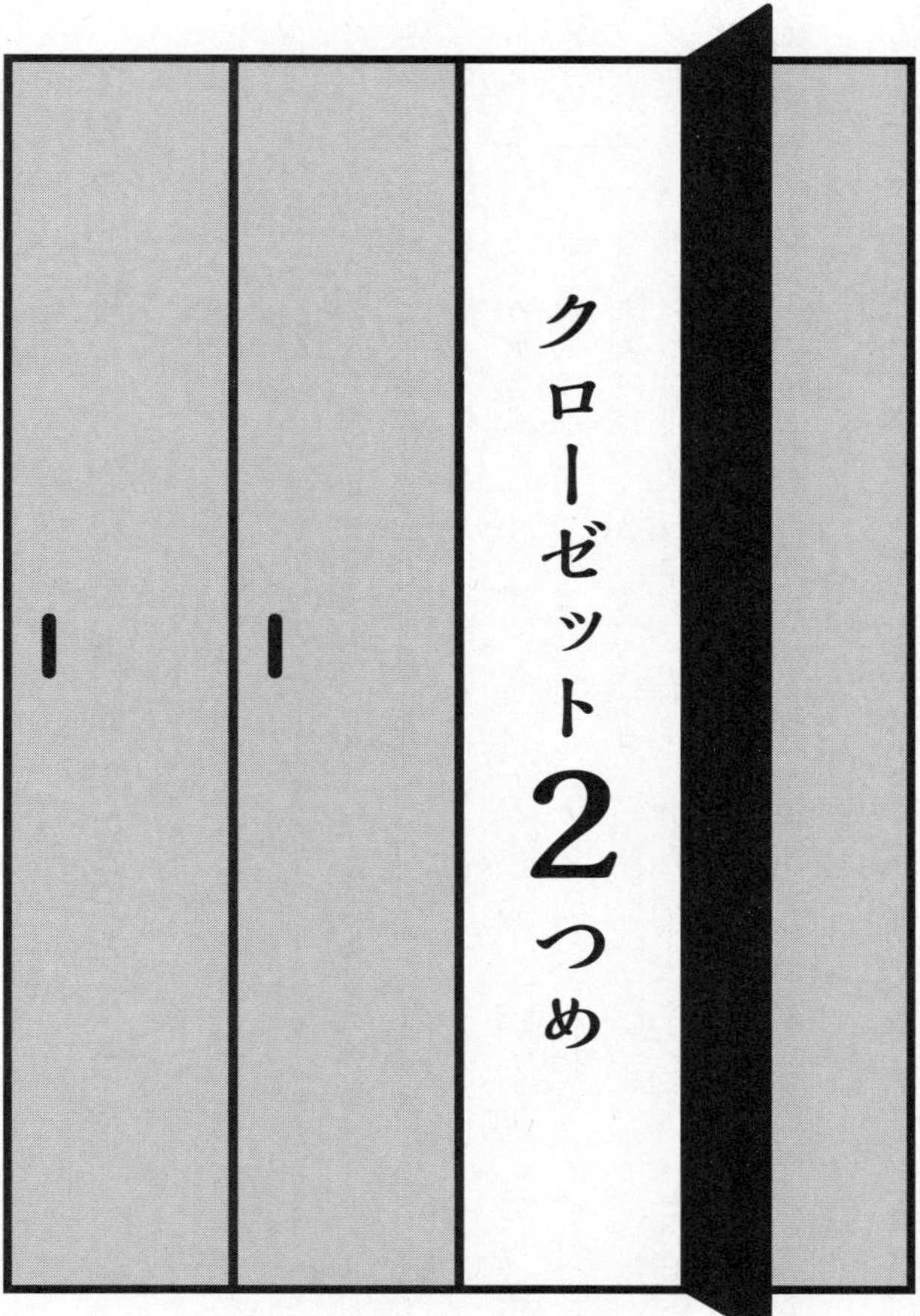

そのクッキーは君に幸運を告げるだろうか

4月。歓迎会や送別会があちこちで催され、下手したら「二次会はカラオケ！」となる季節です。多世代が混在する集まりでのカラオケは、なにを歌うかで年がバレる世知辛いイベント。選曲で若者におもねる必要など無いとはいえ、ぽかーんとされるのもなかなかつらいものです。

いや、私はカラオケ好きなんです。でもやっぱり、よく知らない人たちの前で歌声を披露すると自意識が過剰に反応してしまう。楽しいカラオケは同世代と行くそれですよ。懐かしい曲で、気兼ねなく盛り上がってこそです。

でもたまに、イマドキの曲も歌いたくなりませんか？　私はなります。いま、広い世代が知っている若者の曲と言えば、ＡＫＢ48の「恋するフォーチュンクッキー」でしょうか。略称「恋チュン」と呼ばれるこの楽曲、２０１３年の夏に発売されてから、YouTubeでさまざまな人が振り付け動画をアップしたことでも話題になりました。

私も常々この曲を歌ってみたいと思っていたのですが、齢《よわい》四十超えにして「恋チュン」

もないよなと避けてきました。ええ、同世代の友達と一緒のときでさえ。だって恋に見放されたクッキーモンスターみたいになりそうだから。「あーあ、こいつ若作りしてんな」とニヤニヤされるのも癪《しゃく》ですし、いつも通り大人しく海援隊の「人として」を歌っていました。

恋チュンが流行って半年以上経ったある雨の夜、私と女友達は夜の街で時間を持て余しカラオケボックスに入りました。邦楽ならＣｈａｒａ、洋楽ならマドンナなどアラフォー御用達ソングで喉を鳴らしていたら、曲と曲の間に恋チュンのミュージックビデオが流れてきました。あら、やっぱりこの曲かわいいわね。忘れかけていた私の恋チュン欲が再燃した瞬間でした。

18歳からの付き合いがあるこの女の前ならば、モンスターになってもかまわない。私は満を持して、「恋するフォーチュンクッキー」を次の曲に選びました。「恋チュン」は振り付けがキモですから、カラオケの映像は本人出演のミュージックビデオ。お揃いの衣装を着て歌い踊る少女たちのみずみずしい輝きよ。システムやメンバーの容姿などでＡＫＢのことを悪く言う人もいるけれど、私は嫌いになれないんですよね、なぜか。たぶん、「持たざる者が、夢を見たっていいでしょう？」と全身で主張する姿に、少しだけ心が動かされてしまうからだと思います。類稀《たぐいまれ》なる才能や容姿を持つ人の芸能も大好きですが、アイドルに限って言えば、どこかが欠けているとそれが魅力的に映るのだから、不思議なものです。

「地味な花は気づいてくれない」「未来はそんな悪くないよ」など、完璧ではない少女たちが歌えば、いじらしいことこの上ない「恋チュン」。ですが、失ったスペックと過剰なスペックが混在する四十代がそれを歌うと、なんだか恨みがましく聞こえます。未来？　未来っていつ？　老後？　お、おかしいな……。私の背中がじっとりと汗ばんできました。

外は雨。ここは六本木。「失われた20年（の可愛さ）をとり戻す！」とばかりにあやふやな振り付けで歌い踊る私と、興味なさげに携帯をいじる友人。二人の姿が、雨の水滴を湛えた窓に映ります。それを凝視したら目が潰れるので、視線は画面に集中させましょう。自己暗示にかかり、未来が明るく見えてくるまでの修行、修行。

その甲斐あってか、それともこの曲が持つパワーなのか、何度も歌っていると（一度じゃ満足しなかった）、私の心はふわふわとハイな気分になってきました。そう、未来はそんな悪くないはず！　ヘヘイ　ヘイ！　ヘヘイ　ヘイ！　私はまだ若い！　ヘイ！「恋チュン」パワーで陽気になった私は、女友達が歌っているあいだに年齢別人気曲ランキングを見ていました。歌う曲を入力する機械に、そういう機能がついているのです。

そこで私は一気に青ざめます。ランキングによると、ＡＫＢと同世代の１９８８年生まれ以降の人気No.１曲は、「恋チュン」ではなく、ボーカロイドの初音ミクが歌う「千本桜」。

若者の代表曲だと思っていた「恋チュン」は2位でした。一方、1987年から1973年生まれまでの人気No.1曲が、「恋チュン」。つまり、「恋チュン」を好んで歌っているのは、若者よりもアラサー及びその上の世代なのです。

まぁでもこういうことって、往々にしてあるんですよね。たとえば二十代をターゲットにした企画（イベント、番組、雑誌など）を立ち上げても、蓋を開けてみたら三十代がお客さまのボリュームゾーンだったりするわけです。みんな「自分だけは、同世代より若手のカルチャーを嗜んでいる」と信じ込んでいるのでしょうが、現実には若者気取りのアッパー世代しかそこにはいない。現実の若者文化（今回のカラオケで言えば、ボーカロイド楽曲）は、現象として認識はしていても、惹かれない。本質的には、惹かれないものこそが真の若者文化なのかもしれません。せ、切ない。

それにしても、ここ20年で二度も国民的アイドルから「未来は明るい」と励まされるとは思いませんでした。一度目は言わずもがな、1999年発売のモー娘。「LOVEマシーン」。こちらの曲も歌ってみたけれど、ちょっと景気の良すぎる曲でした。今のご時世では「ウォウウォウウォウウイェア！」と天高く指を突き上げるよりも、そっと肩を抱くような優しさが求められている。「恋チュン」には、そういう風情がありますね。そりゃあ中年にとっても歌いやすいわけだな。世界が羨む未来は、いつか日本にやって来るのかしら？　3組目のアイドルに励まされる前に、好景気を実感したいものです。

飾りじゃないのよ髪飾りは

長く豊かな美しい髪は、色の白さと同様に女の難を隠す重要なアクセサリー。ストレートロングは誰もが一度はあこがれたヘアスタイルではないでしょうか。その、既にアクセサリー効果を持つ頭髪をキャンバスに見立て、さらに装飾をトッピングしていくダブル盛りアイテム、それが髪飾り。女の自意識が如実に反映されるアイテムだと思います。

先日渋谷のヒカリエに行ったら、ヘアアクセサリーのクオリティが高く、ヤンキー臭いものが一切ないのに驚きました。品良く細工に凝ったヘアアクセサリーは愛でる対象としてかなり美しい。髪の毛を留める気なんか更々ない、小さなブローチみたいなのまでありました。可愛いなぁ～と手に取って見ていたのに、鏡を前にそれを髪にあてた女を見た瞬間、私は「あの女、自己愛が強そう！」と思ってしまいます。どうしてこんなに恨みがましい女になってしまったのでしょうか。

ロングもパーマもカラーリングも整髪料で髪型を整えるのも、いまや男女に差はありません。若い世代では、カチューシャだって、男もすなる。男子サッカー選手も、ヘアバンドで髪を留める。そこにアクセサリーのニュアンスはあれど、邪魔な髪をまとめるのが男にとってはまだ本分。

一方、女の髪飾りには、髪を留める以上に飾る力が求められます。クリップにはラインストーン、ゴムにはデコラティブなリボン、バレッタには小動物のモチーフ……。ただの黒いカチューシャにだって、ちょっとした質感が必要。つまり、髪を留める大義名分で髪を飾れば、それは女。女として自分を世間に晒す記号、それが女の髪飾り。

幼少期の私は、母親の趣味で男児と見紛うほどのベリーショートでした。バスの中で「可愛いお坊ちゃん」と見知らぬ人に話しかけられたとき、私は髪につけていたお気にいりの赤い鳩のヘアピンを指さし、「ピント（私はヘアピンをそう呼んでいた）が見えないの？」と文句を言ったことがあるらしい。ベリーショートだったのですから、機能としてのヘアピンは不要です。それでも好んでプラスチックの色付きヘアピンを髪に留めていたようで、それが自らの女性性を代弁していると私は無自覚に理解していたのでしょう。恐ろしいですね、誰に教わったわけでもなかろうに。

それから大人になるまでのあいだに、さまざまな髪飾りが流行りました。リボン、バレッタ、カチューシャ、シュシュ、クリップ、ビジュー付きコーム……。高校生までは、無邪気にポニーテールをリボンで結んだことぐらいはあったかもしれない。色は紺や濃い紫だったけれど、それでも髪を飾ることを楽しんでいました。

やがて社会に出て、「女である前に、人として認められたい」と願うにつれ、髪を飾るのが難しくなりました。容姿だけでなく仕草も態度も可愛い子じゃないと、髪飾りなんて似合わない！　と辞退していたところもある。店頭でキラキラ光るヘアアクセサリーは可愛いけれど、どうにもそれと己の頭部との接点が見つからないのです。レースのついたバレッタを頭にかざして鏡を見た途端、下手な女装をしているような、ばつの悪い気分になったものです。

髪だけに限らず、飾る行為は自分の気分をアップリフトするだけでなく、他人からどう見られたいかを演出する手段にもなります。内面に宿る思惑を具現化し、身体に憑依《ひょうい》させるもの、それが装飾具。特に女の装飾には自らを見映え良く整え、愛される価値のある女だと世間に提示することも含まれます。男のそれは強さを誇示するものであるように。

愛らしい髪飾りをつけるのは、まわりまわって「愛されたい」と世間に喧伝するのと同じことではなかろうか。私にはそんな風に考え過ぎてしまうきらいがあります。社会的・精神的自立と人から愛される存在であることは本来両立するはずなのに、誰かの髪についた美しい髪飾りから、甘えと依存と蜜月にあるご都合主義の愛され願望のようなものを連想してしまう。たとえばフェザーをあしらったピアスは自由の象徴に見えても、それが髪についた途端うろたえる。パールやレースがあしらわれた髪飾りなんて、とんでもない！

私は自立した女！　と過剰防衛した結果、それを好む女を見ると「あれは甘ったれた女だな」と、攻撃的な被害妄想を持つようになったのでしょう。ダメだね。ダメ過ぎる。だって私、本当はそれをつけてみたいんだもの。

私がこんな風になったのは、私が俗に言う女らしさに怖気づき、自立した女のあり方を男の擬態に見て、偏った矯正を己に施したから。なんて可哀想！　というか、なんて馬鹿だったんでしょう。

結局、ロングヘアだった二十代前半に髪飾りを嗜むことはできず、新卒2年目あたりから徐々に髪は短くなり、髪飾りとは無縁のサラリーマン時代を送りました。再度伸ばした三十代半ばでも黒か茶色のゴムで縛るのがせいぜいで、立ち寄った店で何度かカチューシャを試着し、鏡を覗いては無言で商品棚に戻しました。似合わないんだな、これが。そのうち髪の毛そのものが邪魔になり、ここ最近はボブかショートが定番に。この原稿を書いている現在、私の頭部についているのは無印良品の極太ヘアバンド……。これは髪飾りとは呼べません。いっそ坊主にしてしまおうか。

とか言いながら、ゆるく巻いた茶髪にシルクのリボンを結ぶような人生を歩んでみたかったという念も、私の中に確実に残っているわけで。その念をいつ晴らすかといえば、狙っているのはオール白髪になるであろう30年後。たっぷりとした白髪を太いみつあみにして、毛先にベロアの黒いリボンを結ぶのです。黒なのにコントラストがはっきりするなんて、若い頃には決してできないおしゃれ。そんな日が来るのを、私はいまから心待ちにしています。

ヨガってみたはいいけれど

長年の女友達のうち、趣味が高じてヨガのインストラクターになったのが3名おります。みんなそれまで運動とは無縁の仕事をしていたので、とても驚きました。一方、加圧トレーニングに熱中するあまりインストラクターになった人や、華道を習って師範になった人、料理教室に通い詰めたあげく調理師免許を取った人は周囲には皆無。なぜだ？　ヨガはインストラクターになりやすい？　それも一理あるのかもしれないけれど、それだけではないような気がします。ヨガには極めて広めたくなる特別な魅力でもあるのでしょうか。

私は今までヨガを避けて生きてきました。理由は3つ。ひとつは、私の苦手なスピリチュアルとの親和性が高い気がしてならないから。心が穏やかになり、生き方まで変わるとか書いてあるでしょう、女性誌に。大地の呼吸と一体化して……とか、そういう話が怖い。見えないものは存在しないなんて不遜なことは言わないけれど、見えないものに体と心を託すのは、理論武装した私にとって不安の極みでしかありません。感じる前に考えることがあるだろう、と野暮なことを思ってしまうのです。いや、これかなり偏見入っているのでヨギーのみなさんには申し訳ないのですが、誰もがキラキラとした目で同じように素晴らしさを語るなんて、それマルチ要素でもあるんじゃないの？と思ってしまう。

ふたつめは、スレンダーな人ばかりがやる印象があるから。私のような肉弾が不格好にポーズを決めたところで、マットの上の土偶でしかありません。だいたい、デブでヨガをやっている人なんて日本では見たことがないですよ。くるくる巻いたヨガマットを肩にかけ、颯爽と街を歩く女性はだいたいが江角マキコ系統。おっぱい無いからやりやすそうね、なんて嫌味のひとつも言ってやりたくなります。

そして最後に、いわゆる「フツウの女子」が好む習い事だから。仕事帰りや日曜の朝にレッスンを受け、体を使ってメンタルまで整った気になるなんて、屁理屈を捏《こ》ねくり回しておかしくなった私には不似合いが過ぎる。

若い頃に比べたらだいぶおかしくなくなったけど、ヨガを始めるには私はまだまだおかしいのです。たとえヨガスタジオに足を運んだとして「太陽を拝んで～」なんて言われて素直に拝んでいる女子どもにケッとなりながら、素直にそれが出来ない自分を嫌いになるに違いない。ヨガには、やらない理由しか見当たりませんでした。「30歳を過ぎたら食わず嫌いをやめ、苦手なことにトライしてみる」がモットーの私でも、これだけは手を出せないでいました。

だが、しかし。先述の通り、信用のおける女友達が3人もヨガインストラクターになってしまった。彼女たちは特段スピってもおらず、体つきも若々しい。明らかに体調も良い。はっきり言って、うらやましい。一方、私の体力は近頃ガクンと落ちました。無茶が効かないどころか、駅の階段を上るだけで息が上がってしまう。ボクシングジムをやめたせいでコアマッスルが激減し、ショーウィンドウに映る姿はちょっとした新弟子。柔らかかった体も相当固くなりました。マズイよ〜マズイよ〜と全身が叫んでいるようです。

どうしたもんかと思いあぐねていたところに、ある女友達が言いました。

「ねぇ、ヨガ習おうよ」

「え？　あ、いや、その、ヨガだけは……」

「いいじゃん。コアマッスルも鍛えられるらしいし、柔軟性もつくし、心拍数も上がらないよ。インストラクターの友達がいるんだから、一緒に教わろうよ」

うーむ。いま私が抱える体の問題は、もしかしたらヨガで解消されるのかもしれない。でもレッスンに行って恥を掻くのはイヤ。スピるのもイヤ。けれども、私の周りには私のそんな性格を重々承知している女友達が3人もヨガインストラクターをやっている。

やるか、満を持して。

数日後、私はインストラクターになった3人の女友達のうち、最もスピから遠そうなMさんに連絡をしました。彼女のヨガはワークアウト性が強く（つまりスピ要素が低く）、プライベートレッスンなら土偶を人前に晒す心配もないとのこと。私が体を動かそうという気になったことを、クララが立った！　ばりに喜んでいるのが電話の向こうからビンビン伝わってきます。もう、あとには引けません。見合いが決まったような緊張感です。見合い、したことないけれど。

数日後、私はMさんと友達を招き、狭いリビングで人生初のヨガを嗜みました。「まずは太陽礼拝からぁ〜」と、Mさんは両手を胸の前で合わせ、スッと天に伸ばします。（あ、やっぱりそっち系あるんだ……）と、私の心は開始2秒でザワザワし始めました。Mさんはお構いなしに進めます。「伸ばした両手の親指同士を引っかけてパッ！　そのまま前屈、右足から後ろに引いて腕立て伏せの形から上半身を前に伸ばしてコブラかベビーコブラ……」ドスン！　ここで私は早くも床に突っ伏しました。背中に漬物石でも落ちてきたのかと思ったら、両腕が自重を支えられなかっただけ。プライベートレッスンで本当に良かった。グループレッスンなら恥ずかしくてそのまま匍匐《ほふく》前進で早退だ。

そこから約1時間、私は懸命でした。ポーズをアサナと呼ぶことに耳が慣れず、それ以上に片足で立つことすらままならず、ホットヨガでもないのに脂汗でベトベトになりながらヨガに挑みました。私の初ヨガは、自意識よりも退化した肉体との闘いに終始しました。意地悪なことを考えているヒマもなく、とにかくついていくので精一杯。見るは易し行うは難しの典型で、ゆっくりポーズを決めることさえままならず、翌日はひどい筋肉痛に悩まされる始末。それからはドヤ顔セレブのヨガポーズをインスタグラムで見ても、そこそこ敬服する殊勝さを持つことが出来ました。美体型を維持するため努力してるんだもの、私よりずっと志の高い生き方だと思います。

それから7～8回はレッスンを受けたと思います。「思います」と書いた時点でお察しの通り、多忙を言い訳に私はレッスンをストップ。偏見に満ち満ちた積年の思いを越えて果敢に挑んだ割には、ユリイカ！！！　と叫びたくなるような達成感が得られなかったのが主な原因だと思います。Mさんは根気よく教えてくれたし、少しずつポーズも決められるようになったのだけど、思い込みが強かった分、肩透かしを喰らってしまったのでしょう。ま、そんなこともあるよね。

あなたのためを思って言うけれど

私がまだ初々しい女子大生だった頃の話。学食で友人たちとたむろしていたテーブルへ、憮然とした女友達がやってきました。購入した商品に不備があり、腹が立つのでいまから店にクレーム電話を入れると言うのです。おう、カッコイイな。若い私にとってクレームの申し出は、不当に屈さぬ強さの象徴に見えました。若い時分はどこでなにを言っても舐められがちですからね。

私たちが見守るなか電話で店員と話し始めた女友達は、ものの5分であっさり新品交換の手筈を整えました。感情的にまくし立てるでも被害者ぶるでもなく、穏やかな口調と慇懃無礼一歩手前の丁寧な日本語でとうとうと商品の不備を伝えるさまは、同じ年の女とは思えぬほど鮮やかでした。高圧的な物言いや怒りの表明よりも、丁寧なほうが舐められないなんて！　ハタチの私は心底驚いたものです。

クレームは場数を踏んでいない者にとって胃の痛むイベントです。自分が被害を被っていることは間違いないのに、それをどう伝えても、わがままを言って相手を困らせているような気がしてくる。電話では要点を伝えられずにもどかしくなったり、激高する自分にげんなりしたり、マニュアルにうまく言いくるめられたりと、ストレスが倍増することも多々あります。

対面では面倒な客と思われたくない怯えが不満に勝り、なにも伝えられずにイライラして店自体を嫌いになりすべてを終わらせる。スマートにクレームを付けられる大人になりたいが、クレーマーの烙印を押されたくない気持ちのほうが上回って言葉を引っ込めてしまうのです。若い頃の私はそうでした。

年を重ねてある種の図々しさを体得し、クレームも臆することなくできるようになりました。「良かれと思って」が先に立つのも臆さなくなった理由のひとつかもしれません。先日は通販で購入した洋服のサイズ交換をネットでしようとしたら、あまりにも手順が複雑でわかりづらく、コールセンターに電話をしました。その際、私に必要なのは「すみやかな商品の交換」です。コールセンターを通したら、交換手続きはあっさり済みました。電話の相手も非常に親切だった。ならばそこで電話を切ればいいのですが、ネットとの手順の違いに驚いた私は「良かれと思って」如何にネットの交換手続きが複雑かをとうとうと述べてしまいました。いや、それはいいんですよ。私にとっては本当のことだから。それが改善されたら利用者である私にとって利益になるし、同じようなことを感じているほかの利用者の役にも立つ。ひいては企業にとっても貴重な意見であり、だからこそ私は良かれと思って……。

しかし、交換手続きが終わりネットの複雑さを伝え始めたあたりから、電話の相手はマニュアルに沿った恐縮の態度を取りだしました。感情を殺しロボット対応しているのが声の微妙な変化から伝わってきます。

すると、私の心に微妙な変化が起こりました。「良かれと思って」以上に、「私の言いたいことは本当に伝わっているかしら？　これ、そのまま流されて上の人には伝わらないのではないかしら？」が気になり始めたのです。結果、私は手を替え品を替え同じ話をしてしまった。電話を切り、自分のクドさに眩暈《めまい》がします。「しっかり伝わったな」と私が納得するまで繰り返すなんて、これではクレームマニュアルでよく見る「同じ話でも相手が納得するまで聞き続けた方が良いタイプのお客様」の典型です。あーあ、こんな気持ちになるなら交換が済んだタイミングで電話を切ればよかった。

弁解を重ねます。はじめは本当に「良かれと思って」だったはずなのです。しかし、私が納得できるリアクションを相手が採らない限り同じ話を繰り返すのであれば、誰かの為を気取った私の態度には「とにかく私の感じた不満を受け止めて」の成分が多分に含まれていたことになります。いや、その気持ちに「良かれと思って」のガウンを纏わせ誤魔化していただけなのかもしれない。誰かのためではなく、ネット手続きで苦労した自分のために謝罪して欲しかっただけなのかもしれない。

それ以降、街を歩いていても過剰なクレームを店員にぶつけるシーンが目につくようになってしまいました。以前からその手の光景はよく見かけたけれど、クレーマーは大抵自分より大幅に年上だったはず。しかし注意深く観察すれば、クレーマーは同世代の男女である場合も多いのです。ううう、なんだこの胸の痛みは。老人だったら「あの人さみしいのかしら……」なんて他人事で済ませられるのに。

同世代のクレーマーを見ると、克服したはずの「面倒な人と思われたくない気持ち」が再び頭をもたげてきます。もしかしたら私は、ただの要求過多オバサン？　リアルに面倒な人？　カフェで息子ほどの年の店員にネチネチやってるご婦人を横目に、私は疑心暗鬼に駆られます。私のもとに運ばれてきたカフェオレも明らかにぬる過ぎなんだけど、これはこのまま飲み続けるべきか……。10秒ほど固まって、答えが見つからぬまま再びカップに口をつける。ぬるい。ぬる過ぎる。

よし、交換を頼もう！　意を決し立ち上がったところでネチネチご婦人の大きな声が響きます。

「あなたのためを思って言ってるのよ⁉」

アチャー！　それ言っちゃったよ。全然そうは見えないのに！　私は振り上げた拳をそっと下ろすがごとく、冷えたカフェオレをテーブルに置き、椅子に座り直しました。あーもう、誰かこの気持ちを受け止めてくださいよ。私のために！！

ナイトメア・イン・ザ・夢の国

私が小学校3年生か4年生のころに、東京ディズニーランドが浦安にオープンしました。普段は子育てに無関心な父親が、ツテを辿ってようやく手に入れたプレオープンのチケット。私は「その日は桜まつりのワンワンパレードがあるから」という理由で、チケットを反故《ほご》にしました。翌日クラスの人気者になれたのに、なにを血迷ったのでしょう。地元の祭りで飼い犬を歩かせるだけのイベントを選んだ時点で、私とディズニーランドの相性ははじめから良くなかったのかもしれません。

ディズニーランド。その単語に思わず笑みがこぼれる女と、めまいを起こす女。「特になにも感じないわ」とうそぶきながら、「行こう」と誘われたら顔がひきつる女。年齢に関係なく、ディズニーランドにどう対峙するかでその女の宗派がハッキリわかります。ディズニーリゾートへ批判めいた言葉を投げかける人は、確実に悪者扱いされます。

　なぜか？　夢の国は善意の塊だからです。善意に疑いを向ける者は、心がさもしいとされる。善意は塊になればなるほど、それを否定する者を断罪する脅威になります。

夢の国と呼ばれるディズニーランドとディズニーシーは、善意という背骨にポジティブネスを肉付けた人が集う愛の聖地。類稀なるホスピタリティーと卓越したエンターテインメントで感動を生み続ける彼の地に、三十路を越えても迷いなく足を運べる人はまるで従順な巡礼者です。一方、光のシャワーを正面から浴びられず、「気分が乗らない」とケチを付ける私は、不粋な異端者なのでしょう。私にとって見知らぬ人との笑顔の共有はガンジーの非暴力、不服従と同じぐらい恐ろしいものですが、リピーターが9割を優に超えると言われる聖地に集う人々は、それこそが魅力だと言います。鼠のお気に入りのぬいぐるみが熊、という壮大な下剋上に噴き出さない信心深さは私にはありません。

ウォルト・ディズニーの創作物全般を毛嫌いしているのではないのです。子どもの頃に観た映画『ファンタジア』には、そりゃうっとりしましたよ。それに古いディズニーアニメーションにはどちらかと言えば意地悪なものもありますから、ディズニーがユーモアの許容範囲で捻《ひね》くれた人間を拒絶しているとも思えない。最近ではポリティカル・コレクトネス（政治的に正しいこと。差別や偏見に満ちた表現がないこと）を重視し再解釈したおとぎ話の映画を作っているほどですし、気が合わないわけではないと思うんです、ディズニーそれ自体とは。

ディズニーランドやシーに私がうろたえるのは、陰のないポジティブネスのほかに飲み込めない要素があるからです。ヤンキーテイストです。ディズニーの世界観は、日本へ輸入される際に必ずヤンキー液へちゃぷんと浸けられます。まるで消毒のように。ヤンキー液の成分は、夢・希望・愛・具体性のないポジティブネスと仲間の絆。一見、創設者ウォルト・ディズニーのイデオロギーと親和性があるようですが、そこに解釈の自由は皆無。祭りの狂乱とともに、強制的に感動スイッチを押される息苦しさと言ったら！ ミッキーがユーロビートで盆踊りを始めた時、私はランドやシーを愛せない自分を責めるのをやめました。だって私にとってここは、夢の国ではなくヤンキーの国。ヤンキーの国ではすべてを白黒ハッキリさせないと生きてはいけぬ。グレーゾーンを好み、解釈の多様性を好む私のような屁理屈女はお呼びでないのです。

それでも30歳前後に行った初めてのシーでは、愛されたいばかりに精一杯頑張りました。私なりにワーとかキャーとか言ったつもりでした。しかし帰り際、同行者の男はぼそっと言ったのです。「ディズニーに来て、こんなに写真を撮らない女は初めてだ」と。ひどい。どうしてバレた。いま思い返しても、私は十分はしゃいでいたはず。アラジンのマジックカーペットライドで嬌声をあげ……と甘い時間を思い起こしながら、まぁ記憶違いもあろうかとディズニーシーのサイトをいま見たら、そんな乗り物は存在しなかった。それどころか、サイトを見てもどのアトラクションも記憶にない。かろうじて、海底2万マイルというアトラクションに乗ったような乗ってないような……そんなぼんやりした記憶のみ。

これは私が年をとったせいだけではないでしょう。はしゃいでいたつもりだったけれど、私はシーをちっとも楽しめていなかったのだと思います。ジャパン・ディズニーは異端者を容易にあぶり出すのです。

子どもも産んでないし、姪っ子や甥っ子もいない私はこのままランドもシーも楽しめないまま余生を送ることになるわけですが、まぁこれは別に克服しなくてもいいかなと思います。みんなが好きなものを好きになれなくたって、別に死にはしないんだし。あ、そういえば、火を使った龍のショーを観て「これ一回いくらかかるんだろう」と思ったのは覚えている。そういうのが顔に出ていたんでしょうね。我ながら可愛げがないな。

保護のフリして漏れ出して

ガラケーにどんな細工を施していましたか？　私は人からもらったラインストーンを透明のマニキュアで3つ4つ背面に付けていたような記憶があります。しばらくしてラインストーンが剝がれても、そのまま放置していました。ストラップはコンビニで買うペットボトルのお茶の販促物かなにか。ストラップの先のチャームが取れても取れっぱなしで、まぁ思い入れがないといえばなかったのでしょう。

一方で、携帯電話のデコレーションに過剰にこだわる人々もおりました。キラキラ光る大量の巨大ラインストーンをびっしり付けたり、鈴なりのぬいぐるみストラップをぶら下げたり。そんな携帯を耳元に当て電話をしている女性を見ると、好きなものでいっぱいの脳が耳から漏れ出しているようで胸がザワついたのを覚えています。

海外有名ブランドのストラップなんてのもありましたね。それを付けたら携帯電話がブランド品になるわけでもないのに、有名ブランドがこぞって発売していたということはそれなりに売れていたのだろう。可愛いと狂気の境界線、なにに価値を見出すかは人それぞれと、わかりやすく教えてくれるのがガラケーでした。あ、男性だと龍やどくろや大麻のイラストが施されたのもありました。個人的にあれはいただけなかったなぁ。

時は流れ、ガラケーからスマートフォンへ移行する人が増え「ケース」という新しい概念が誕生しました。スマホにケースを被せている人は、ガラケーにデコレーションを施していた人より圧倒的に多い。なぜなら、スマホケースには「本体を保護する」という大義名分があるからです。

ガラケーのラインストーンやストラップには言い訳がありませんでした。百歩譲ってストラップには「鞄のなかで探しやすい」「持ちやすい」という大義名分はあったかもしれない。しかし、ケースほどではないでしょう。ストラップがなくたって携帯が壊れはしないわけだし。

この「本体を保護する」という大義名分のもと、さまざまなデザインのスマホケースが世に溢れています。特に日本人スマホユーザーの7割が所有していると言われるiPhone市場が大変なことになっている。ちなみにAmazonで「iPhone ケース」と検索すると、250万件以上がヒットします。なかには電話の大きさを優に超えたぬいぐるみレベルの立体感を持つケースまでございまして、ガラケー時代に鈴なりのストラップを付けていたクチが嬉々としてそれを持つ姿が目に浮かびます。

スマホケースが250万ものバリエーションに富むのは、その目的が「本体保護」では済まされないことのなによりの証左だと思います。スマホケースに限らず欲望の数だけ商品が生まれるのが世の常ですし、これだけ選択肢が多いのは「たかがケース」に保護以上の効能を求めるからでしょう。しかもバリエーションは色とデザイン方面にのみ特化している。保護力の強度を謳うケースが少ないのを見れば、保護以上のなにかが市場で求められているのがわかります。商品は女性向けが多く、男性用と思しきそれは格段に数が少ない。確かに、互いのスマホケースについてコメントを述べ合う男性は私の周りでは見たことがありません。なぜ、女物だけがこんなに？

そもそも女の小物類は持ち主を体現していると思われがちです。そんなわけないと思います？　ならば想像してみてください。化粧ポーチを5つ、ランダムに机の上に並べるとしましょう。その前に5人の女性が並びます。どの人がどのポーチの持ち主か当ててくださいと言われたら、女性とポーチの共通点を見出そうとしませんか？　巨大なビジューで飾られた化粧ポーチと同系統のジェルネイルを指先に施している女性がいたら、私はその二つを線で結びたくなります。これは行き過ぎると偏見を助長する目線ですが、よっぽど自分で注意していないと、持ち物から持ち主をプロファイリングする癖は抜けません。

家族、仕事仲間、親、行きつけの店の連絡先から、ＬＩＮＥのログ、恋人と交わした数々のメール、下手したら銀行口座の残高情報や株取引の明細、月経周期や体重の推移まで記録しているのがスマートフォン。それら個人情報を搭載したデバイスを、持ち主の分身と捉えたら、そこに宿るのは「好み」なんて生易しいものだけではないと思います。自意識です。内面から溢れ出るものだけでなく、他人の目に映る理想の自分（普段は脳のなかにいる）さえトレースしかねないのがスマホケースではないでしょうか。

ガラケー時代にはラインストーン、イラスト、ストラップぐらいしか装飾の種類がありませんでした。それらで演出しやすいのは、「派手」か「可愛い」か「怖い」の3つ。自身の属性をわかりやすく掲げるこれらは直情的で、無意識にスルーする人も多かった。しかしケースとなると「本体保護」という言い訳があるからこそ脇が甘くなり、所有物に自己を投影するなど恥ずかしいと考える知的層（的ななにか）までもが、多様なケースの前で唸《うな》ることになる。無自覚に本体保護の逆をやっているのです。だって自分の好みをさらけ出しちゃってるんだから。洋服や髪型と同じ話ですが、スマホケースは本体のスマートフォンの規格が統一されている分だけ、差がわかりやすく出ると思います。

さて、注目すべきはガラケー時代にストラップやデコで自己主張をしなかった女たちが使うケースでしょう。彼女たちの自意識も、大義名分のもとにうっかりダダ漏れています。たとえば年の割に控えめな色とデザインながら、高級な本革ケースをスマホに纏わせる女。彼女は「質の良い（だがそれをひけらかさない）生活」を日頃から標榜しているに違いありません。本革ケースが買える財力もある。こういう人たちをむっつりセレブと呼びたいです。

はたまた化粧っ気もなく、カジュアルな装いとサバサバした性格の女史が手にしたスマホに小さく控えめなリボンが付いていたら。ああ見えて内面には可愛らしい女子を飼っているのだな、と胸が熱くなります。この人、ガラケー時代にはリボンのストラップなんて付けていなかったはずなのに。ストラップでリボンは無理だけどケースに小さくあしらわれたリボンならOKの線引き、なんとなくわかりますね。ショーツのおへそあたりについているリボンみたいなものでしょうか。ショーツなら外に出ないけど、スマホケースならうっかり外に出てしまう。そういえばパンツもスマホケースも本体保護……まぁいいか。

話を戻します。「iPhone はそのままのデザインがいちばん美しい」とケースを付けない女やメタル仕様のシンプルケースを使う女には、自意識を隠すのが上手だなと唸らされます。いや、むしろシンプルなデザインを尊重する奥ゆかしさこそがその女の自意識か。私の想像は無限に広がります。

さて、それでは私のスマホケースは？　お恥ずかしいことに、私にとっては洒落た iPhone を選ぶこと自体が最初のハードルであり、消去法で Android 搭載の Galaxy Note を使用しています。機能を比較検討した故の選択ではありません。iPhone の看板が気恥ずかしくて背負えないのです。結果、ケースどころか液晶をカバーするシールさえなかなか見つからず、選択肢が少ない場に自らを率先して押し込めるあたり、私はまだまだ自分で自分を不自由にしているのだなとゲンナリします。選択肢が少ないのは服と靴のサイズだけで十分なのにねえ。

少ない中で悩んで選んだケースは、ボルドー寄りのくすんだ赤いメタリック。これも無意識に選んでいるようで「赤」に引き寄せられつつ「くすんだ」「メタリック」あたりが自分にはお似合いだと判断したのだと思います。なんでもかんでも考えすぎなのが、私の最大の難点であり長所でもあります。

「iPhone を持つ自意識とは……」なんてメンドクサイことに思いを巡らせず、屈託なく iPhone を選び無自覚にケースを選ぶ。そんな人生にあこがれもします。だって自分という本体を防御し過ぎて身動きが取れなくなるよりは、そっちの方がずっと楽なはず。人のスマホケースを見て「イヒヒ、あの女はこうに違いない……」なんて高みの見物をした気になっても一銭の得もありません。あ、でも最後に言わせてください。シンプルなデザインがウリの iPhone にゴテゴテした蓋付きケースを付けている女を見ると、「あんた時代が時代なら黒電話に手作り布カバーをかぶせるタイプだね……」と心のなかで毒づきたくなりますよね。ならない？　私はなるなー。ジョブズがあの世で泣いてるよ。

読書家への長い長い道のりで思ったこと

渋谷行きのバスの中、夢中で本を読む制服姿の小学生を見かけました。私立小学校の生徒でしょうか、銀色の手すりに右腕を絡ませ両手で本を持ち、白い帽子のつばを上げた額に汗を垂らしながら、揺れも気にせず一心不乱に読書に耽る。ああ、まだこういう子どもがいるのだなと感激しました。賢い子なのだろうなぁと、ため息が漏れます。「趣味は読書です」とほがらかに言える人に、私は心底あこがれます。「流行歌が好き」と言うより明らかに高尚ですし、なにより知的に見える。

以前、二十代の女性に読書の習慣を尋ねたら「名作と言われるものは嗜んでおります」と控えめながらもハッキリと返答され固まったことがあります。付け焼き刃の読書習慣では決して口にできないその言葉、私は死ぬまで吐けないでしょう。彼女は並行して何冊か別のジャンルの本を読んだり、寝る前にも読書をしたりするそうです。私にしてみたら本を何冊も同時に読むなんて奇術の類に入りますし、寝る前に本を開いたら2分で寝落ちだ。

文章を書く仕事に携わる者として恥ずかしいことですが、私は子どもの頃から読書が苦手です。もう少し丁寧に言うならば、本が上手に読めません。親からことあるごとに名作全集を買い与えられましたが、『モヒカン族の最後』や『八十日間世界一周』のページがめくられることはなく、「ならば、動物好きのあなたに……」と与えられた『シートン動物記』でさえ、ひとつかふたつのお話しか読めませんでした。唯一覚えているのは、住みついた野良猫を血統書付きと偽りコンテストに出す小鳥屋の話。猫の毛並みをフカフカにさせるため、檻《おり》に入れて寒い庭に出し、油カスと魚の頭を食べさせるシーンがあったような、ないような。その猫がコンテストで優勝するシーンに大興奮したのを覚えています。動物より詐欺師みたいな人間の行動に惹かれてしまったわけですが、それ以外のお話は読み始めて5分もすれば本を放り出し外へ遊びに行くか、寝てしまうかのどちらかでした。

どうにも理解できないと思ったら、文章が1ページ2段組みになっているのに気付かなかったこともあります。縦20文字×20行が2段ある文章は右から左に読んでいき、1段終わったら下段を右から左に読むもの。それを縦40文字×20行ひたすら目で追っていただけですから、理解できるわけがない。私にとって、読書は苦痛以外のなにものでもありませんでした。

あまりに本が読めない娘を心配した母親は、近所の元国語教師の女性の家へ私を読書の練習に行かせました。小学生の頃だったと思います。水曜か木曜になると、家から歩いて5分の先生のお宅へお邪魔して本を読む。昭和クラシックなマンションの一室に置かれた、正方形の木の机。頭上の柔らかな白熱灯のあかりが作る私の頭の影。先生の白髪混じりのブラウンヘアと優しい声。

そこでは1年かけてバーネットの『秘密の花園』を読んだはずなのだけれど、これまた私が覚えているのは人目につかないところに庭があったことだけ。あとは先生が出してくれるお茶菓子が美味しかった記憶しかありません。

週に一度、知らないおばさんの家でゆっくりゆっくり『秘密の花園』を読む子どもは、そのあとに出てくるおやつのことしか考えていなかったのですから、我ながら親が不憫で目頭が熱くなります。結局、私が音を上げるより先に、先生の方が一身上の都合とやらで個人レッスンを辞めてしまいました。私はテレビの歌番組を見ながら、歌ったり踊ったりする時間が増えたことを喜びました。

頭の良い人に見られたかったので、読書が苦手なことは大人になるまでカムアウトしていませんでした。しかし、ちょっと話せばなんにも読んでないことがすぐバレて恥を掻く。それではと意を決して書物を手に取っても、頭がよく見られたいという邪《よこしま》な目的の読書は続きませんでした。

何事にも例外はあるもので、高校時代にはいくつかの作品を楽しく読みました。好きな女性作家さんが二人おりました。なぜ彼女たちの作品が楽しく読めたかというと、それはたぶん、お二人の作品には子どもには知りえない大人の恋の世界が書いてあったからです。外国人との恋、人には言えない関係、行きずりなどなど、片思い以外の恋愛経験ゼロの私には刺激的でした。来るべきめくるめく色恋の日々に備え、文字で綴られた大人の情事に脳を沸騰させていた女子学生の私でしたが、彼氏のひとりもできないまま高校時代が終わるとは、当時知る由もありませんでした。

で、そのまま大人になりました。相変わらず本を読むのは苦手です。仕事がら以前より読書量は増えたとは言え、それは必要に迫られてのこと。しかもメモを取らないと2ページ前に書いてあったことはなにも覚えていない体たらくで、読むたびに己の無力を痛感します。文章を書くことはこんなに楽しいのに、文章を読むことは私を幸せにしてくれない。本がうまく読めないコンプレックスに、いまだ苛《さいな》まれているのです。

大人になってしばらく経ったある日、私の読書体験に小さな変化が起こりました。読書好きの友人のなかには、小説以外の書物を好んで読む人がいると気付いたのです。そうか、小説じゃなくてもいいのか。本好きにしてみればなにを今さらと思うかもしれません。しかし、幼少のみぎりから、読書と言えば、まず「お話」ではないですか。だから、読書というのは小説をメインに読むものだと信じて疑わなかったのですよ。それからは新書

読書が趣味と言えるような人間になる夢はあきらめていませんから、それからは新書

から自己啓発本まで手を出しました。本ってヤバいですね。積んでおくだけで賢くなった気になれる。そのうちのいくつかは楽しく読むことができたので、読書のハードルが少し下がり気持ちが楽になりました。

次に衝撃的だったのは、つまらないと思ったら読むのを途中でやめてもよいこと。子どもの頃、最後まで本を読めなかったのは、私にその能力がないからだとばかり思っていました。つまらないと思うのは、私が馬鹿だからだと。しかし「つまらなかったら途中で止めるでしょフツウ」と、小説、詩集、ルポルタージュや郷土資料まで読む読書家が私に言うのです。人の普通と自分の普通は同一ではないことぐらい頭ではわかっていたけれど、本好きのフツウと私のフツウには天と地ほどの乖離がある。こりゃ本好き人間を観察すれば、読書上手になるヒントが隠されているかもしれないぞ。

観察するに、本好きは頻繁に図書館を利用します。その都度大量に借りて気軽に読み始め、貸出期間中に読み終わらないものはザクザク返す。気が向いたらまた借りますし、つまらないと思ったら途中でやめるのも平気です。読書が進まぬのは、相性やタイミングの問題でもあると本能的に知っているからです。本好きはそうやって大量の本に触れるうちに自分の好みを把握し、好きな本はちゃんと買って手元に置く。なぜなら何度も同じ本を読むから！　ああ、なんと合理的なシステムでしょう。本好き人間は本と対等に対峙している。

不思議なことに、私は音楽では同じことができます。片っ端からサクサク聞いて、好きなものは買う。好みに合わなければ途中でやめる。最後まで聞いたことのないアルバムなんて手元にゴマンとありますが、罪悪感はゼロ。「最後まで聞けないのは、私の聞く力が乏しいからだ……」と劣等感に苛まれたこともありません。「あ、合わない」で終わりです。しかし読書に関しては、最後まで読むことが正しい読者の責務だと信じて疑わなかったのです。

サクサク試して、つまらないと感じたら罪悪感なく止める。音楽ではできて、本ではなぜそれができないのか？　私の苦手意識が本と対等に向き合うのを阻んでいると気付きました。

本に限らず、生物以外の物体と対等に向き合うためには、主客の「主」が自分であることを自覚しなければなりません。対象物に劣等感を持っていると、自分の感覚が信じられなくなる。これは面白いとされているはずだから、面白がっておいた方がいいかな？　と、楽しめなくても楽しいフリをしたり、美味しくなくても美味しいと言ったり、はたまた過剰にけなしたり。話題作を満喫できなかったというだけなのに「あれはさすがだ」「あれはひどかった」と嘯《うそぶ》いて自分のスタンスそれ自体をテコにポジショントークをすることさえあります。そういうことをしていると空気を読むのに疲れてしまい、行為自体から距離を取るようになる。私と読書の関係性はこれです。

いまだ、私は自分より本（自著を除いて）の方がずっと偉いと思っているフシがあります。苦手なことを無理してやっているのだからと、読書からなにか特別なもの、たとえば成長とか気付きとか知識を過剰に得ようとする浅ましさが、私のなかに渦巻いてもいます。過剰な期待と、どうせ裏切られるという諦めが強い負荷となり、私より本の方がえらいと思ってしまうのです。

苦手だけどあこがれの存在、それが読書。難なくできるようになれば、私はいまよりずっと価値のある自分になれる気がしてしまう。音楽なんて、どんなに聞いても賢くなると思ったことはないのにね。

苦手を克服すれば、楽しみが増えるのは間違いない。けれど、克服すれば上等な人間になれるわけではない。「これが出来るようになれば私はもっと……」という考えは、それができない自分を卑下し過小評価している証にしかならない。私は読書以外にもこういう考え方をしてしまう癖が多々あるので、できないことの前では注意深く自分を観察せねばと思うのです。

自撮り、それは女の念写。

想像してみてください。朝から夜まで、つまり寝起きのブス顔から、メイクを落としたスッピンまで、いつ何時、どの鏡で見ても自分の顔に100%満足できるとしたら。自宅の洗面所、服屋の試着室、電車の窓に至るまで、自分の顔を映すものすべてに思わずにっこり微笑み返したくなるほど満足なツラが映るとしたら？　嗚呼、生きることはどれほど楽になるでしょうか。

スッピンにしろメイク後にしろ、自分の顔が気に入った状態にあると私の精神は高めに安定します。顔面の状態が、その日の生きる姿勢や自己肯定力を左右するのです。

現実にはどこに映しても自分の顔の半分以上は気に入らないわけで、ブサイクなツラを見るたびギョッとしたり、「まぁ、こんなものか……」と目を逸らしたり、言い訳がましいキメ顔を鏡にカマしたり。私は顔面の状態に振り回されて生きています。

私だけでなく、自分の顔が好きかと尋ねられ、ハッキリYESと答えられる女はさほど多くはないと思います。顔を整形するとしたら？　と聞かれ、やりたいかどうかは別にして「直すところはどこもない！　完璧だ！」と胸を張れる女も少ないでしょう。友達と並んだ写真を見て、証明写真の機械からストンと落ちてきた顔を見て、がっかりしたことがない女もそうそういないと思われます。だからこそ、自分の顔がいちばん良く映る鏡がどこにあるかは知っている。それは窓際に置いたメイク用の鏡だったり、某デパートのトイレだったり、人によって異なります。私の場合は100ワット電球を付けた洗面所の鏡です。

自分の顔が好みの状態にあるとき、私は幸せを感じる。しかし、常にその状態は保てない。よって、自分の好きな顔を映してくれる鏡を心の支えにする。私のなかでは辻褄の合う話です。私はできるだけ幸福を感じながら毎日を過ごしたいと思っています。それを阻害するものを排除したいとも思っています。私のなかに間違いなく存在する欲望です。

人の欲望は、商品やサービスとして具現化します。1995年に登場したプリクラはスタンプや文字でデコる方向から、目を大きく、肌をきれいに、足を長くと被写体を修整する方向に進化しました。そしてインカメラを搭載した2010年の iPhone4 の登場を機に、写真修整アプリが大量に開発されました。つまり、写真に写る己のツラが気に入らない人が、もっと言えばそれに精神の幸福度を左右される人が、私以外にも大勢いたということです。

欲望を満たすツールが誰の手にも簡単に入るようになってから、女の自撮り熱は一気に加速しました。そりゃそうだ、人知れず無料で、己の顔面を気に入った状態に固定できるんだもの。フェイクだとしても、自己肯定できる瞬間が生まれるんだもの。首を傾げ、目線を外してパシャリ。そのあとちょっと肌を明るく、ちょっと目を大きく。ちょっとだけちょっとだけちょっとだけ……あと、ちょっと。そうやって自分好みに修整された自撮り写真は、マッチ売りの少女がマッチに火を灯して見たご馳走の幻想と同じ。決して現実ではないけれど、一瞬だけ夢を見られる。しかも自撮りマッチの数は無限です。見たいご馳走が現れるまで、何度も何度も火を灯す。自撮りは中毒性の高い危険な行為だと思います。

携帯電話の内側にカメラが付いた瞬間から、自撮りは誤魔化しの歴史を歩んできました。ガラケー時代には白飛びするぐらい光量の多いところで写真を撮ったり、周囲にスタンプをちりばめたり。「盛る」なんて聞こえの良い言葉、要は誤魔化しです。変顔なんていう誤魔化しの作法もありましたね。女子高生の流行り廃りもありますが、あれ、加工アプリが登場してから一気に下火になったと私は感じています。だってホラ、顔を簡単に修整できるようになったんですもの。変な顔をして粗を隠さなくてよくなったんですよ。これを読んで「若い子っていやぁねぇ〜」なんていう私と同世代の女がいたら、化粧が古来からの誤魔化し作法だということを肝に銘じて欲しいものです。

もちろん、私も自撮りをします。最近のお気に入りはマンガ加工。元の写真を版画のように加工し粗を消してくれるので、鼻を高くしたり顎を尖らせたりするより後ろめたさが少なくて済むのです。

そもそも私が自撮りを始めたのは、人が撮影した自分の顔がひどく気に入らなかったからでした。写真の私には笑みが足りず、目も半開きでひどいものばかり。どのぐらい口角を上げ、どのぐらい目を見開けばいいのかしら？　それを検証するためでした。え、最初は。しかし、次第に自分のなかの俯瞰《ふかん》の目（客観性のイトコみたいなもの）がいつもとは逆の方向に走り出しました。私を諌《いさ》めるはずの第三の眼が「あなた、もっと魅力的な顔もできるでしょう？」と私をけしかけてきたのです。

それから光の加減や顎の角度、笑顔の具合を意識して自撮りをしました。気に入らず、何度も何度も撮り直しました。おかげ様で、どれぐらい目を見開き、口角を上げれば不穏な表情にならずに済むかわかりました。ああ、よかった。

もちろんそこで終了とはなりません。私は写真修整アプリをいくつかダウンロードしました。そして、苦心の末に手に入れた「私の心をかき乱さない私のツラ」の肌質やフェイスラインを修整しました。ちょっとだけちょっとだけ、あと、ちょっとだけ。仕上がった私のツラはどれも満足のいく出来で、我ながらうっとりします。メスも入れず、注射も打たず、整形手術でいうところのダウンタイムもゼロ。リスクゼロで手に入れた、お気に入りの我がツラ。もはや念写です。

しばらくすると、発情した俯瞰の眼が冷静さを取り戻しました。その眼で自撮り写真に視線を落とせば、そこにはアンニュイなツラをしたイイ女気取りの私が写っています。修正箇所は逆説的にコンプレックスを正確に言い当てており、秘めた欲望が押し出された薄気味悪さに鳥肌が立ちました。自意識に内臓があったら、こんな姿に違いないと思いました。

気持ちの悪い思いをしても、私は自撮りを止められませんでした。うまく仕上がると、やはり心は安定します。カラクリがわかっていても、目先の幸福に発情してしまう。見たいご馳走が目の前に現れるまで、無限のマッチをじゃんじゃん擦《す》る。お気に入りの鏡に映るお気に入りのツラを、写真データとして固定するまで。

もちろん、他人が私をこうは見ていないことなど重々承知です。他人が撮った自分の顔写真は、言うなれば駅のホームにある鏡に映ったツラ。気が滅入ることこの上ないのです。「酷い顔に撮った」と、己の不具合を棚に上げ、撮影者を責めたくなることも多々あります。そういう時、撮影者はまったくピンと来てない顔で「そうかな～」なんて言いますね。普段と同じ私の顔に見えているのでしょう。傷付きます。

では、努力すれば撮影者と同じ目で自分が写った写真を見られるようになるかと言えば、答えはＮＯです。なぜなら、鏡だろうが写真だろうが、私は常に自意識色眼鏡の屈折レンズで己の顔を見ているから。要は、他人から見たらそこそこ良い顔でも、私から見たらブスに見える。本当の自分の顔なんて、当人は一生見られないのかもしれません。

ここで、頭の中にキリンジの「メスとコスメ」が流れ始めます。整形して美しくなった昔の女と再会する男の歌なのですが、その歌詞に、変わった女に対し「君のなりたい〝本当〟になればいい」というフレーズがありまして、私はこの引用符付きの〝本当〟を聴くたびにドキリとしてしまうのです。「君のなりたい〝本当〟」と、ありのままを意味する引用符なしの「本当」には雲泥の差があることを雄弁に語る秀逸な歌詞です。「本当」って、いったいなんなんでしょうね。

ここまでややこしく考えない人が多く存在するのは、インスタグラムを見ればわかります。キメ顔、加工、修整、フィルターのフルコンボで念写された写真を見つけるたび、私の背中はゾワゾワと縮こまる。「私のなりたい〝本当〟を読み取れ」と、写真が訴えてくるからです。不健全に出来の良い写真をSNSにアップすると、被写体の脳内に存在していただけの「なりたい私」は一瞬で実存になってしまう。その瞬間が、私にはとても苦しい。そんな人、どこにも存在しないのに。

加工笑顔の後ろに透ける、暗くて湿った深い深い穴。それを満たすはコンプレックスに裏打ちされた底なしの欲望。その穴を地上から覗き、人様の淀んだ沼を鼻で笑っていると、だんだんと私の頬が熱くなってきます。視線を外すこともできず、じっと写真を見てしまう。すると今度は、どうしても認めたくない感情が自分の深い穴の底から湧き上がってくるのです。

私だって、私を見る世間の目を固定したい。

見た目で人より優位に立ちたい。

この女の不健全に出来の良い顔面が、私の不完全な顔面に揺さぶりをかけてくるのが気に入らない。

私はこの写真に嫉妬をしている。

他人の自撮りは、私の大きな大きな穴から暴れる龍を引きずりだします。そして皮肉なことに、人様に見せられないこの暴れ龍だけは、嘘のない本当の私の姿だと確信できるのです。

リリーの自転車

自転車、乗ってます？　私はほぼ毎日乗ってます。いまの自転車は、10年前にドラァグクイーンのリリーが「あたし、地元に戻るわ……」と東京に残していったプジョーのマウンテンバイク。大きいし、重いし、倒れると起こすのが本当に大変。でも、とにかく丈夫。パンクも故障も一度もせずに、私と一緒にいてくれる相棒です。

この自転車とは、どの男よりも長く付き合っています。雨の日も風の日も、文句ひとつ言わず乗せてくれるんだからありがたいことです。後輪の泥除けが取れてしまったから水溜りには注意が必要ですが、付き合う上で気をつけるのはそれぐらい。

この10年、引越しのたびに私と一緒に新しい街に降り立って、私をどこへでも運んでくれた深緑色のプジョー。南青山の墓地ビューマンションに住んでいた頃は、外苑西通りをずーっとまっすぐ走って新宿職安通りのドン・キホーテへ頻繁に行きました。往復1時間、帰りにはダウニーやお菓子で自転車のカゴをパンパンにし、両方のハンドルにも巨大な黄色い袋をぶら下げ「ドンドンドンドン♪　ドンッキー♪」と歌いながら深夜2時の東京を走り抜ける。もちろん、すっぴん。服は部屋着に毛が生えた程度のもの。日中だったら絶対にできないことを、深夜に行う背徳感に酔いしれました。

天現寺の高速出口付近に住んでいた頃は、この自転車で毎日仕事場へ通いました。カギをかけ忘れたことは一度や二度じゃないけれど、プジョーのマウンテンバイクにママチャリ用のカゴを付けたセンスが誰にも理解されなかったのか、一度も盗まれたことはありません。そうそう、停めてはならぬところに停めて、撤収されたことなら一度ある。上原の集積所まで行って、打ち捨てられた自転車の山から我が子を見つけた時の喜びと言ったら！

そう言えば、リリーは元気にしているかな？　あれからしばらく連絡を取っていないけれど、地元で楽しくやってるかしら。私はもう、元気になったんだよ。

あの頃、男と別れてしょげかえっていた私に、リリーは控えめに寄り添ってくれました。誰かと一緒にいないと気が狂いそうにさみしいのに、誰とも喋る気力がない夜。リリーは私を二丁目のゲイバーに連れて行ってくれたっけ。周りは男だらけなのに、誰ひとり私に目もくれない。ここでは誰からも恋愛対象として値踏みされずに済むから、好かれることも嫌われることも恐れなくて良い。なんて居心地の良い空間なんだ！　と、心から安堵したことを覚えています。

リリーは別れた男のことをよく知っていたけど、悪口は一切言いませんでした。

「いい男だったけど、別れ方は上手じゃなかったみたいね」

それだけが、リリーが私に言った言葉。そう、悪い男じゃなかったんだよね。それをわかってくれたのが心底嬉しかった。

そんな風にお世話になったのに音信不通にしているなんて、私は自分の不義理を恥ずかしく思いました。それでも何もしなかった私に、ある日リリーはメールをくれました。相変わらず元気にしていて、地元では福祉の仕事に就いているとのこと。ドラァグクイーンとしても現役で頑張っている様子。

リリーからもらった自転車をまだ愛用していることを伝えると、「大事にしてくれてありがとう」と返事がきました。この子はホントに優しい。そろそろ新しい自転車にしようかなと思っていたけれど、壊れるまでこれに乗ろう。

この春、私はリリーのプジョーとともに4回目の引越しを済ませました。

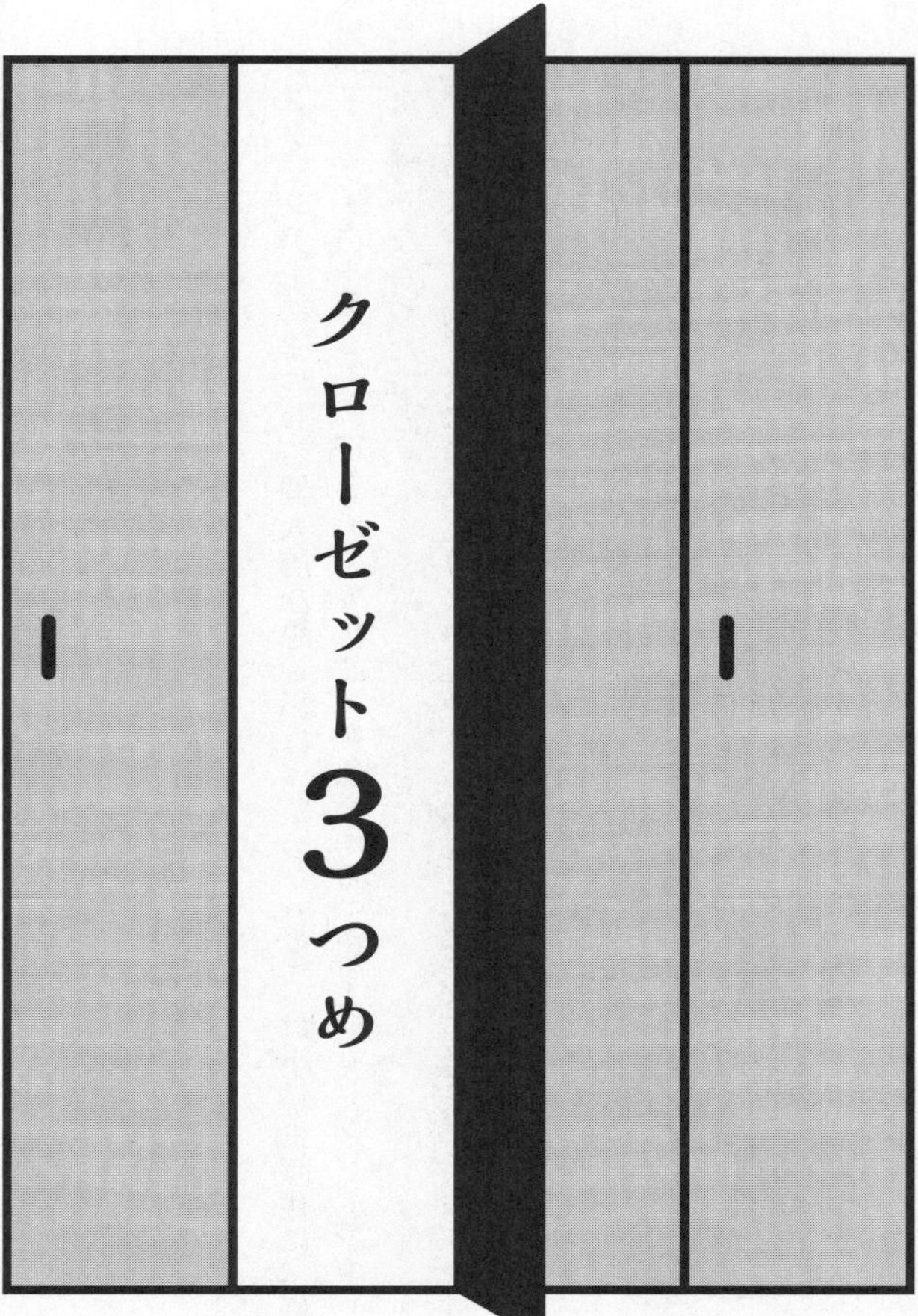

クローゼット3つめ

お帰り、チョコレート。

バレンタインデーにまつわる個人的な思い出はふたつ。ひとつは小学生時代に、好きな男の子（ライバル多し）に奇を衒《てら》って桜餅（桃色だから）を手作りしプレゼントしたがまったく響かなかったこと。

もうひとつは、高校時代に通学電車の中でひとめ惚れした他校の男子に手作りチョコレートを渡そうとしたら「彼女いるんで」とあっさり断られ受け取ってさえもらえなかったこと。私が綺麗にラッピングした箱を半ベソでゴミ箱に投げ捨てたのを見て、友達が拾って食べようとしたこと。ああ、懐かしい。

そんな甘酸っぱい思い出を分かち合おうと女友達に尋ねたら、バレンタインデーに告白したことがある女は皆無でした。マジか。では彼女たちがなにをやっていたかと言えば、友達の告白を手伝っていたそうです。あったね、あった。「○○君、△△ちゃんが体育館の裏で待ってるから行ってあげて」とかね。やりましたね。先生に見つからないように学校へチョコレートを持って行ったつもりだったけれど、当然バレていたのだろう。生徒の一喜一憂を見てニヤニヤしていたのだろうな。先生がいちばん楽しそうだ。

さて、チョコレートをフィーチャリングした日本式バレンタインデーは１９７０年ごろ日本に定着したそうです。日本国民は45年以上もこのイベントをやっているわけですから、バレンタインデーに対峙する女心のあれこれもいい加減すべて出揃った気がします。十代には胸躍らせて好きな男子に手作りチョコをプレゼントした楽しいイベントも、社会人になれば義理チョコ購入費の強制徴収に辟易《へきえき》とするようになり、そのうち菓子屋の陰謀に乗っかるもんかとふんぞり返ったり、はたまた大枚叩《はた》いて買った高級ショコラの価値をまったくわからない本命男にゲンナリしたり。まぁ、それすら随分前に語り尽くされた話題でしょう。

渡し尽くされ語り尽くされたにもかかわらず、バレンタインデーは盛り下がるどころか今まで以上に怪気炎をあげているような気がします。伊勢丹の「サロン・デュ・ショコラ」、２０１５年からはデパートを飛び出し特別催事場でやっているらしいですし。え？　バレンタインデーなんて若い子のものですって？　そんなことはないのです。一度デパートに足を運んで、その眼で確かめてみてください。

私は「誰かになりすます」という日常のコスプレが大好きなので、遅まきながら三十代半ばにしてこの手の高級チョコレート争奪祭に参加したことがあります。女性誌のチョコレート特集を読み、適当にプレゼント先を決め、３０００円もするようなショコラとやらを、見学がてらイッチョ買いに行ってみようという気分でした。

女友達を連れニヤニヤと銀座のデパートをはしごすると、どこの催事場も自分たちを含め当然ながら女だらけです。年齢層は思ったより高く、三十代以上が圧倒的に多い。そりゃ二十代前半の女子にひと粒数百円のチョコは荷が重いですよね。

バーゲン会場さながらの熱気の中、私は頬を上気させた女たちを掻き分け掻き分け、ショーケースにたどり着きました。ケース内に鎮座するは密林の奥に隠された秘宝が如き輝きを放つ、食べられる宝石たち。惑星やダイヤを模したショコラが、それぞれにピッタリのデザインを施した可愛らしいボックスに収められていました。嗚呼、なんという美しさよ。こういったオンナコドモが浮かれる類のものには一切興味がないと思っていましたが、私は密かに、しかし確実に興奮していました。そして、それを誰にも見られたくないと思いました。なんだか恥ずかしかったのです。

美しい宝石の殆どは試食できず、試食できる生チョコも側面はベタベタで、それすらハイエナと化した女どもに群がられ10秒で消滅。ま、ひと粒700円もする超高級チョコレートを簡単に試食させるわけはないか。ひと粒700円と言ったって、半分は箱代と空輸代だよねなんて言いながら、辟易として私が会場を後にしたかと言えばそうではない。なんと勢い余って自分用にもチョコレートを買いました。確か4つで1500円以上したと思います。つまり、ひと粒約400円のチョコレート。400円あったらS

EIYUのネットスーパーでバナナが20本ほど買えます。

さて、先ほど「勢い余って自分用にもチョコレートを……」と言いましたが、多分それは嘘っぱちです。「コスプレが好きで……」も嘘ではないけど、言い訳。「好きな人にプレゼントしたくて……」とは言ってないけれど、会場に居る人にはそう見えたかもしれない。だがそれもハズレ。

腹の底を浚《さら》ってみれば、私は単におフランスやベルギーから届いた超高級チョコレートなるものの美しさにノックアウトされ、それを自分の舌で味わってみたかったのだと思います。値段は高いし人ごみも勘弁だけど、よく考えたら小さくて美しい食べ物（しかも、とんでもなく美味しいらしい！）なんて、下戸の私が嫌いなわけがないのです。「だって、可愛くて美味しいんだもん」という、合理性の遥か彼方にある嗜好。馬鹿にしていたこの感覚が自身に内在することを、認めざるを得ない瞬間でした。

高級ショコラにうつつを抜かすなど、自分のありきたりな女らしさを受け止め切れなかった二十代には決してできなかったことです。前向きに考えるならば、そんなことができるようになったのは加齢のおかげ。年を重ねると、自分の中の葛藤にリソースが割けなくなってくる。疲れちゃうから。葛藤の堤防が決壊してくれたおかげで、私はフラフラとデパートに足を運べたのでした。この年になるまで、日本のトンチキなバレンタインデー習慣が廃れずにいてくれて本当に良かった。

そもそも、いつまで経ってもバレンタインデーが廃れないのは、出費を伴う女の側がそれを楽しんでいるからでしょう。それを楽しんでいるからでしょう。選ぶも楽し、食べるも楽し、あげるは二の次、もらえるなら万々歳。最近ではひと粒いくらで試食できる催事も出てきたらしいですし、ホワイトデーのお返しも、いつの間にかチョコレートが主役になりました。

菓子屋の姑息な陰謀から幾星霜、チョコレートがようやく私たち女のもとに、純粋な嗜好品として帰ってきました。いま、私たちは素晴らしい時代に生きているのです。いつからか、バレンタインデーでなくとも、ひと粒数百円のチョコレートを買う行為がそれほど特別ではなくなりました。誰かの気を引くためではなく、自分のための高級チョコが市民権を得た証拠でしょう。

恋愛対象を視野に入れたバレンタインデーから解放された私たちにとっては、美味しいチョコレートを知る機会として結果オーライの2月14日。しかし、もらえるか否かで自分の価値が決まってしまうような恐怖心におびえる男性陣にとって、この日は試験の合格発表日のようなもの。学生時代は特に深刻ですが、大人になってからも、もらえたら嬉しいし、ひとつももらえなかったら悲しいらしいですよ。友チョコなんて言葉が生まれた時点で、チョコレートはもう男女の関係性を定義するツールからは大きく離れているのにね。すっかり形骸化したバレンタインデーに男性陣の気持ちだけが取り残されているのだとしたら、それはちょっと可哀想な気もします。

「中学時代は毎年違う人にあげてたんだよね。でもそれって、去年もらった人は今年もらえないってことじゃん。そこに理由なんかまるでないんだけど、もらう側はたまったもんじゃないよね」と、女友達は言いました。確かに。今年もらえなかったのは、もう俺に気がないからか……と肩を落とした男子もいただろう。もしくは「去年の貴様のパフォーマンスが悪かったから、今年はナシ」と言われた気分になった人もいたかもしれない。バレンタインデー、一部の男性にとってはまだまだ残酷ショーなのです。

あ、そうだ。欧米のように、男性からも女性に花を贈る習慣を始めればいいのでは？

いや、やめよう。もらえなかったら、私にとって2月14日が残酷ショーになってしまうから。

シンデレラはリアリスト

ディズニー映画の『シンデレラ』がずいぶんポリティカリー・コレクトな実写版になったと聞いたので、二十代半ばの女友達と見に行ってきました。

シンデレラ。この物語を幼少期に読み聞かされ、女の幸せとはなにかを刷り込まれた女性も多いと思います。ご多分に漏れず、私もそのひとり。美しい心（と外見）を持ってひたむきに生きていれば、やがて素敵な王子様が私を探して迎えに来てくれる。ハッピーエンドのおとぎ話と自分を無邪気に重ねた女児は、世界中にゴマンといたでしょう。その数は、いまだ増え続けているに違いない。

シンデレラの物語はやがて「シンデレラ・ストーリー」として広義に解釈されるようになり、聞き手が大人になるにつれ玉の輿と同義になります。もしくは身分の飛び級とでも言いましょうか、経済力もコネもない女が、権力者からピックアップされる夢のような物語。それが「女は自分自身の力で幸せを摑めないのか？」と議論を呼び、ディズニーの再解釈では、シンデレラは主体性と自己主張のある女に描かれていました。

シンデレラは「エラ」という名前で登場します。ご存じの方も多いと思いますが、シンデレラは日本語では「灰かぶり姫」。Cinderella は Cinder（石炭などの燃え殻や消し炭）の Ella という意味で、彼女の本名はエラ。継母とその娘達に付けられた蔑称がシンデレラというわけです。

念のため、映画のあらすじを共有しておきましょう。一点の曇りもない幸せな日々を過ごすエラに訪れる、突然の母の死。病床の母親は、「どんな試練にも負けない秘訣」として、「勇気と優しさを忘れないで」と遺言めいた言葉を残します。のちに再婚した父親は不在がちで、エラは継母とその娘達に召使いのように扱われる。思わぬ現実にエラが泣きぬれているうちに、父親は旅先で死んでしまいます。なんという役立たず！ここまでは、子どもの頃に読んだお話と一緒です。

映画では、継母は徹底的に底意地の悪い女として描かれながらも、それは次の寄生先を探す必死さの裏返しともとれる演出がされていました。女手ひとつで二人の娘を食わせていくのは不可能な時代の話だな、と私は少し同情的にさえなりました。しかも娘二人の頭が悪く、外見もひどく不細工。シンデレラに対する意地悪も、美しいシンデレラに対する嫉妬がそうさせているというよりは、単に協調性のないアホが愚行に勤しんでいるだけに見える。女vs女の熾烈な戦いの土俵に、アホ姉妹は上がれてすらいません。シンデレラの聡明さを引き立てるための演出かもしれませんが、なんだかだんだん悲しくなってくるんですよね。こんな娘が二人もいたら、そりゃ将来経済的に安泰な寄生先（男）を捕まえないと死ぬに死ねんと継母も思うだろう。デキの悪い娘二人の未来を憂う母にしてみれば、そりゃエラは邪魔者だ。人にはそれぞれ事情があります。

森で王子に会い、さまざまな試練を乗り越え、というか思いもよらぬ魔法使いからの手助けと、とにかくなにがなんでも舞踏会に行ってやる！　というエラの執念（にしか私には見えなかった）によって、エラは舞踏会に現れます。きらびやかな舞踏会を屈託のない笑顔で見つめるエラに、私の呼吸はなぜか浅くなりました。

そもそも、森で偶然エラに出会った王子が「もう一度彼女に会いたい」と彼女を見つけるために開催した舞踏会です。森では王子に尋ねられても自己紹介すら満足にしなかったエラですが、なんとかして舞踏会に出向かねば、仕掛けた時限爆弾（王子が苦労してエラを探し出す）が作動しません。毎日毎日嫌なことばかり続いているのですから、そりゃあ舞踏会にも行ってみたいでしょう。その気持ちはわかる、わかるんだけど、どうにも胸がむかむかする。森では狩りを楽しむ王子をたしなめ他の女との差別化を図り、舞踏会にはおめかしして出掛けるなんて、姑息ではなかろうか。

そんなことを思ってしまったからでしょうか。私の目には、エラの微笑みが勇気と優しさを湛えた……というよりも、無邪気に図太く映るのです。え？　舞踏会に遅れてきて、なんでいちばん目立つ場所（ダンスフロアを見下ろす階段の踊り場）で今日イチの笑顔ができる？　衆人環視のもと、王子と二人、周りが見えないような顔で踊れる？　エラの横顔に、形見のドレスを継母に破られた女の闇は見えません。「わーい！　舞踏会に来られた！」という主体的な喜びが、全身から溢れているのです。「来られた！」ってあなた、王子に見つかりに来たんでしょう⁉　しかも魔法のせいにして、あっという間に王子の前から消えるし。どうかと思うよ。

エラは二度も王子に自分を「見つけさせて」います。一回目は舞踏会。二回目はガラスの靴云々。そりゃーオスっ気の強い男性なら誰だってエラのことを「自分で苦労して見つけた宝物だ！」と思い込むでしょう。策士！

伝わりますかね、この違和感が。自分から仕掛けておいて、王子には「俺が見つけた」と思わせる。楽しい時間を共有したあとは自分の意思で王子の目前から消えておいて、それを「魔法のせい」にする。しかし、ヒントは抜かりなく残す。不可抗力のなせる業に見えますが、本当にそうでしょうか。

たとえば私がシンデレラだったら。王子と森で別れた途端、イチャモン付けから始まった出会いを後悔し、帰宅早々「あーやっちまった……絶対嫌われた」と頭を抱えてベッドになだれ込むでしょう。舞踏会の知らせを聞けばエラと同じように必死で行く努力をするけれど、「舞踏会って素敵そうだしぃ〜」なんて建前は、もっと見え透いた嘘として周囲に映るに違いない。魔法使いが素敵なドレスを出してくれても「あ、もうちょっと地味なのないすかね？」と注文をつけるでしょう。舞踏会に行ったら行ったで「いや、ちょっと、顔出してみただけでしてデへへ」なんて卑屈な態度で王子の周りをうろちょろする。ダンスに誘われたら「いやいやいやいや、ダンスはちょっと」と尻込みしてお仕舞い。あんなに堂々としていられません。エラ、恐ろしい子……！

映画が終わり、明るくなった劇場で同行者の女子がポツリこぼしました。「結局、スペックの高い男と結婚できるのはこういう女なんですよね……」まさに。彼女も私と同じ感想を持ったようです。エラよ、日ごろボロカスに扱われているのにもかかわらず、どうしたらあんな自信たっぷりに振る舞えるのか。

よく知らない身分の高い男に選ばれることではなく、主体的に生きることが女の幸せである。それには諸手を挙げて賛成します。しかし、そのメッセージをシンデレラ物語になぞらえポリティカル・コレクトネスを追求した結果、エラはとんでもなく自己肯定力の高い女になりました。自尊心が高いから、手に入りそうもないあこがれにもまっすぐ向き合える。厳しい！

幼少期にシンデレラ物語を刷り込まれた女の首は、年を重ねるごとに真綿でゆっくり締め付けられます。それは、類稀なる美貌がなければ王子様は迎えに来ない現実を突きつけられるからだけではありません。女はじっと待つしかないという強迫観念のせいでもありません。白鳥のように水面下で足掻《あが》き、執念で土俵にあがり、そのうえで「まさか、私が!?」という顔で王子様（気取りの男）の手をしっかり取れる女が、実在することを目の当たりにするからです。そして、どう頑張っても自分はそうなれないと気付くから。

ガラスの靴を忘れたのは偶然なのか？　舞踏会に遅れて行ったのは、合コンに遅れて登場する戦術の元祖なのでは？　シンデレラが「幸せになりたい」という願いに主体性を持てば持つほど、「こういう女……いる」と、おとぎ話は嫌なリアリティを帯びていきます。綺麗なドレスで王子と衆人の前で踊るのは立派な自己顕示であり承認欲求。本人はビタイチ気付かないフリをしておりますが。

王子の後ろ盾を得た瞬間、背筋をピッと伸ばして継母たちに一瞥《いちべつ》を喰らわせるシンデレラには戦慄が走りました。そこにセリフを充てるならば「見たか！　正義は勝つ！」でしょう。ああ、私はこうはなれない。エラちゃんよ、勇気と優しさはどこへ行ったんだ。あなたの勇気って不遜なふるまいと紙一重なの？

帰る道すがら「終盤、スンスン泣く声が聞こえませんでした？」と同行者の女子が私に尋ねました。そういえば、隣のカップルが泣いていたような。

彼女は続けます。「あれ、カップルの男の方が泣いてたんですよ。死に際の王と王子が、政略結婚ではなく真に愛した女性を娶《めと》ると固い男の約束を交わしたあたりから」

なんだかなぁ。いや、男が泣くことを責めているのではありません。「男同士の約束」

に感極まったことにゲンナリしてしまったのです。結局、男の壮大な物語に組み込まれたフリのできる女が、類稀なる幸運に恵まれるのか。まあね、地位と名誉と権力と経済力を兼ね備えた男なんて、レアメタル並に限られた資源。それを奪い合うのですから、美貌は当然のこと、知能も大胆さも図太さも兼ね備えなければどうにもならんのじゃろ。男物語の主導権を握らず、しかし主体性を持って我田引水できる女。なんだか他薦で優勝するミスコンの女王みたいですね。あー地位と名誉と権力と経済力に恵まれた男に興味がなくて良かった。そんな私の負け惜しみを聞いたらエラはきっとこう言うでしょう。「違うわ、真に愛した人がたまたまそうだっただけよ」と。

ビキニは手段の目的化

砂浜！　ビキニ！　ひと夏の恋！　あなたがそんなキラキラした夏の思い出とまったく縁のない人生を歩んできたなら、いい友達になれそうです。

突然ですが、「手段の目的化」という言葉をご存じでしょうか。成果を得るための手段がいつしか目的になり、本来の「成果を得る」という目的以上に重要視されてしまう事態を指します。

たとえば会議。売り上げアップという目的を達成するための手段＝会議だったのに、いつしか会議が開かれることだけが目的化する。結果、会議の質は問われなくなります。もちろん、売り上げは上がりません。働いているとそんなシーンが散見されますが、目的化された手段の最右翼と言えば水着でしょう。無駄な会議よりずっと手段が目的化されています。

ご説明しましょう。そもそも、水着は水辺でレジャーやスポーツを楽しむための手段だったはず。が、「目的のためなら手段を選ばず。どんな水着もドンとこい！」と威勢良く言える人は少ない。むしろ、「水辺は好きだが水着は苦手」という人のほうが多いのではないでしょうか。私も例外ではありません。なぜって、水着を着るという「目的」のためにダイエットやら脱毛やら筋トレやら、別の手段がたんまり必要になるからです。水遊びなんて二の次だ。まったく、手段の目的化も甚だしいですよ。

水着のなかで、最も目的化した手段がビキニです。泳ぎやすいわけでもなく、動きやすいとも言い難い。あれは水辺で肉体を魅力的に見せるのが目的のウエアで、レジャーやスポーツを楽しむための手段ではありません。

私が最後にビキニを着たのは、いまからざっと40年前、3歳の夏。あれはたしか、山梨県の親戚の家に遊びに行った夏のことでした。真っ赤なビキニを着て市営プールのプールサイドにたたずむ、すました幼児が手元の写真に写っています。

高校時代には夏に友達と海やプールへ繰り出しました。水着は決まって色気のない紺のワンピース。周りの友人はビキニ、もしくはワンピースでも花柄など華やかな水着を着ていましたね。大学時代は白地にミッキーマウス（！）がでかでかと描かれた水着。ただし、友人と行った沖縄のビーチでのみ。沖縄という非日常ゆえの羽目外しでしょう。社会人になってからは、区民プールと海外でしか水着を着なくなりました。35歳を過ぎてからは、水着に足も袖も通していません。

ビキニを着た3歳児に容姿を憂う面持ちはありませんが、高校生の私が地味なワンピースを選んだのは、己の容姿がビキニに適さないと判断したからです。泳ぎやすいかではは断じてない。そして泳ぎの好きな私が三十代後半からは区民プールにさえ行かなくなったのは、己の水着姿が公共の場に晒せるクオリティではなくなったと判断したからです。手段の目的化によって、本来の目的は霧消しました。

ご存じの通り、日本では世間様が他人を測るモノサシの単位が非常に細かい。女の容姿もそのうちのひとつです。女子という言葉が際限なく拡大解釈されてもやはり、女の容姿は若々しいか、イマドキか、手入れがされているか、厳しくチェックされます。その枠から1ミリでもはみ出れば、客観性に乏しい人という烙印を押されることになる。そもそも上手な肌の露出ってやつが中年女には難しく、水着の着用それ自体が、年を経るごとに罰ゲーム化するわけです。こうなるとは知らなかった地味ワンピースの私、いま写真を見るとそんなに酷《ひど》い体でもないので勿体無いことをしました。あの時に着ていられたら、なにかが変わっていたかもねえ。

一方、海外では体形や年齢を気にせず、堂々とビキニを楽しんでいるご婦人が多い。自国の不寛容を責めたくもなりますが、これは本当に国のせいなのか？　自分の体をあらためて全身鏡に映し、私は鏡の中に問いかけます。

「余分な肉やたるみが消えたら、ビキニを着たい？」

はい、私はビキニを着てみたいです。

「ビキニが楽しめたらどんな気分になる？」

多分、自分に自信が持てると思う。

「では、日本人がひとりもいない海外のビーチなら、いまの自分でもビキニをエンジョイできる？」

うーん、自信がありません。まわりが皆、体の大きな外国人だったとしても、自分の姿が目に入った瞬間、私はビーチから退散するでしょう。ありのままでビキニを着ることを自分に許していないのは、私自身でもあります。

一方で、40歳を過ぎても堂々とビキニを着る私の女友達は、体形維持のために筋トレを欠かしません。お腹をぺったんこにするために、腹筋を10種類ぐらいやっている。完全にどうかしてる。でも、本当は彼女がうらやましくて仕方がないのです。

さて、彼女と私の違いはなんでしょうか？　もともとの体形？　たゆまぬ努力？　それだけではありません。彼女と私は、自尊心の持ちどころが決定的に違う。ビキニは自尊心と深いつながりを持つアイテムです。

自尊心とは、他者の干渉に振り回されない強い心のこと。海外でも痩せたモデルや女優は人気ですが、それでもさまざまな体形の女性がビキニを楽しんでいます。これは世間が寛容だから……だけではなく、大きな体を持つ彼女たちが、自分で自分にＯＫを出しているからだと思います。これまたうらやましいことこの上ない。私にとって自分の肉体に自分でOKを出すのは、数ある難行のなかでも五本の指に入るものですから。

　では自尊心を高く持てば思う存分ビキニが楽しめるようになるかといえば、その「ビキニを着る自尊心」を高めるために、今度はジムに通う必要が出てくる。ジムに行くためには、先にダイエットをしなきゃいけない気さえしてくる。どんどん手段が目的化していき、究極的には「なにもしない」ことがもっとも安全な行為になります。馬鹿の極みです。

　ところで自尊心を語るときに、忘れてはならないことがあります。自尊心は、なんらかの成果を自分の努力の結果として認めたり、他者からそれを肯定されたりしないと育たないということです。なんで私がそれを知っているかというと、自尊心を育てた経験があるからです。ええ、肉体以外で。決して、私の自尊心がことさら低いわけではありません。自尊心の拠り所が、肉体にないのです。

　アラサーと並んでもなんら遜色のない体でビキニを着る友人が自分の体について語るとき、そのベクトルは常に自身に向いています。人からどう見られるかよりも、自分のことを好きでいるために努力している。その結果が、他人にも肯定される好循環。これはとても健全だと思います。彼女は肉体を自尊心の拠り所にしているのでしょう。

　一方、そこそこの自尊心を肉体以外で得られた私がビキニを前にすると、自尊心は急激に下落します。口から先に生まれたと言われる私ですが、ビキニを着てディベートに参加したら相手が中学生でも瞬殺されてしまいそう。最大の弱点は、最大の強みを無効化するのです。

自分のビキニ姿をいちばん最初に見るのはいつも自分。高校生の私は、試着室の鏡に映るビキニ姿の自分にＯＫが出せませんでした。大した努力もせずそのまま年を重ね、30歳過ぎて運動にハマった時でさえ、肉体に正しい自尊心を宿す努力を怠り、あげく客観性や羞恥心という言葉に振り回された。そしていま、肉体は本格的に朽《く》ち始めました。いや、だからこれは日本という国が不寛容で……と堂々巡りをしそうですが、ビキニは海外でも楽しめそうにないのはシミュレーション済みなので、この言い訳は通用しません。そもそも試着室から出られないんだから、国は関係ないのです。問題は私なのです。

肉体に健全な自尊心を持つ目的の手段として、私がビキニを着て試着室を出る日はくるのでしょうか。もう43歳ですが、ビキニを着ないまま一生を終えるか、はたまたビキニが着られる体を作るか、もしくはありのままの自分を受け入れ、このままビキニを着るか。私はまだ決めかねているのです。

私が旅に出ない理由

「あのひとのママに会う」という明確な目的があれば、ひとりで列車に乗ることも苦にならないのだろうか。子どもの頃は気付かなかったけれど、これって義母にチクりに行く新妻の歌ですか？　怖いわね。

さて、義母を持たぬ中年こと私にはひとり旅の経験がありません。普段は個人行動を好み、出張だってひとりでジャンジャン行く。しかし、ひとたび「ひとり旅」と聞くと、私の体はグッと硬くなり身構えます。それができる女は格好いいなと思うけれど、自分がしようという気にはまるでならない。「まるでならない」なんて興味がないような言い方をしましたが、身構えるのは、私がひとり旅に不安や恐怖を感じているからです。

勝手知ったる土地ではやりたい放題の女が、知らぬ土地でひとり過ごすことを考えただけでシュンとする。これは甚だみっともない話です。自立した中年女の風上にも置けません。こんな大人は私だけではなかろうかと尋ねると、私の周りではほとんどの女がひとり旅バージンでした。ホッ。経験者はたったの2名。旅行が趣味と豪語する女でも、ひとり旅はちょっと……と尻込みしておりました。

同時に、旅先で友達と険悪になった経験がある女はゴマンといた。夕飯の店選びから洗面所の使い方まで、複数名の旅行は地雷だらけです。特に疲労が溜まってくる旅程後半、舌打ちのひとつもしたくなるような出来事は必ず起こる。私にもその経験はあります。だいたい私たち未婚女なんて協調筋（協調性を支える筋肉）が衰退しまくっているんですから、本来ならひとり旅に出た方がいい。しかし、トラブルのリスクを背負っても友を誘うのが我らです。これは「楽しい旅を誰かと分かち合いたい」という真っ当な理由からだけではないでしょう。

私が女ひとり旅に踏み切れない最大の理由は、知らない場所を単独で楽しめる自信がないからです。旅先で誰とも喋れずさみしくなり、会話を求めてスマホでSNSにかじりついたり、過剰な警戒心から肩や首がガチガチになったり、予定通りにことが運ばずイライラしたり、独り言が増えたりなどなど。私のポテンシャルから予想される旅先の出来事はどれもこれも、心底かっこ悪いことばかり。ひとりを持て余したら、旅はバッドエンドまっしぐら。そんな負荷は自分にかけたくないではないですか。

東京で生活している限り、ひとりがさみしいと感じることは殆どありません。過剰な警戒心で疲労を感じることもない。SNSにかじりついていたとしても、一日中ということはありません。仕事が予定通りに進まずイライラするのは日常茶飯事ですが、東京での暮らしに不便も不安も感じません。それどころか「さみしいって思えたら、結婚してたよねー」なんて傲慢なことを女友達と言い合っている。

そんな中年女が旅先でさみしさの奈落に落ちたとしたら……。ああ、想像しただけで胃がキュウとなります。私の自立心なんて勝手知ったる土地でしか発動されないチンケなもの。私はただのTOKYOジャイアン。それが自分自身にバレてしまう。そんなのはゴメンです。ひとり旅は、私を身ぐるみ剝がしそうな気がしてしまう。

「旅先で不安に屈することはないの？」とひとり旅の猛者《もさ》に尋ねたところ、ハンッ！と鼻で笑われました。曰く、旅先でひとりを嚙み締めたり、知らない人と喋ったり、予定が狂ったりの不確定要素こそがひとり旅の醍醐味なんだとか。ああ、そう。これは想定内の答えだけれど、私にとっての不安要素が彼女にとっての娯楽要素だなんて、想定内でも受け入れがたい答えだよ。

私はあることに気付き、大きなため息を吐きます。薄々感づいてはいましたが、これは間違いなく、流れに任せて漂うことを楽しめない仕切り屋のビビリ体質のせいです。もう中年ですから飲み会でみんなのオーダーをまとめたり、初めてのデートで「もう一軒行く？　今夜はもう帰る？」と次の展開を即決させたりはしなくなりました。これらの無粋な行動はでしゃばりに起因すると思われがちですが、それだけではない。断じてない。物事がどこに流れていくかわからない場面で私がすぐ仕切り出すのは、予想外の事態が起こることにビビっているから。想定外の出来事は、私にとってストレスでしかありません。

デートや集団行動をクリアしたらもう大丈夫だと思っていたのに、私の胆力はまだまだ未熟なようで自分に心底がっかりします。ひとり旅を楽しむ女はそれが楽しいというのですから、熊並みの胆力が備わっていると言えましょう。

うなだれる私に猛者は続けました。「でもさ、女のひとり旅って国内だとまだ難しいのよ。自殺と間違われるから、ひとりだと泊めて貰えない旅館がまだ結構ある。そもそも予約が取れないのよ、女ひとりって言うと」。ああ、そう。それは厳しいね。予約が取りづらいことがではなく、自殺かどうか疑われるような対応を予約の段階でされる可能性があることが。初対面の人に「この人、ここで死ぬのかな?」と思われることなんてそうそうないですよ。なんでそんなところにわざわざ行かねばならぬのか。

だいたい、何をしたら「そちらでは死にません!」というアピールになるのかわからない。努めて明るい声で予約をすればいい? そもそも疑いをもたれないようにビジネスホテルを予約すればいい? そんな! せっかくのひとり旅、出張と大差ないような場所に泊まるなんて。東京のホテルにする? その日のうちに地下鉄で帰れる場所に泊まるのをひとり旅と呼ぶのは流石にチートだろう。できれば新幹線や飛行機を使って旅館に泊まりたい。

あら？　旅館にひとり用の部屋ってあるのかしら？　さあ、困ったときはグーグル様に尋ねましょう。グーグル様、グーグル様、女がひとりで旅をするにはどうしたらいいのでしょうか？　私はグーグルの検索窓に「女　ひとり旅」と入れてスパーンとエンターキーを押します。

出てきた検索結果を見て、私は拍子抜けしました。るるぶやらじゃらんやらが、女ひとり旅特集ページをわんさか作っている。なんだ、マニュアルがあるんじゃないの。自由気ままが売りのひとり旅にマニュアルがあるのも変な話ですが、どこから手をつけていいかわからない私のような女がたくさんいるのでしょう。そう思うと心強いな……というのは嘘で、自分のことは棚に上げ、みんな情けないな……と思ったことを正直に記しておきます。

インターネットが勧める女ひとり旅のデスティネーションは、沖縄、京都、熱海など。古都を訪ねる、温泉でゆったりする、シティホテルのスパでゴージャスに過ごすなどが推奨されています。サイトを見ていると、ひとりで旅に行くだけで本来の自分を取り戻せるような気になってくる。そもそも、本来の自分ってなんですかね。

「もっと素敵な女性になるためのご褒美ひとり旅」という麗句が躍る画面で宿のひとつをクリックしてみると、「朝食バイキング食べ放題！」の文字が目に入りました。ひとりで食べ放題の朝食をとることは、果たしてご褒美なのでしょうか。私には苦行にしか思えません。

部屋で夕食がとれる旅館もありました。大きなテーブルの上にダーッと並ぶ（であろう）旅館特有の冷め気味な料理を、黙々とひとりで食べる。私の経験からすると、熱いうちに食べられるのは、あの小さな鍋だけでしょうね。青く光る固形燃料をじーっと見つめながら、ひとり打つ舌鼓の音は静かな部屋に大きく響くことでしょう。あとはSNSにアップしたお造りの写真に「いいね！」がくるのを待つだけです。地獄です。

結局のところ、私は東京に依存しているのだと思います。ここは女がひとりで暮らすのになにもかも便利が良すぎる。スープストックでひとりの夕餉《ゆうげ》ならなんでもないし、人恋しさと疲れが募ったら行きつけのマッサージに行けばいい。だいたい配偶者も子どももいないのだから、私なんて人生単位でひとり旅をしているようなものじゃないか。わざわざ自分らしさを取り戻しに遠方へ出向かなくとも、私はここで十分自分らしく生きている！

もっともらしい理由を見つけたので、私はノートパソコンを閉じました。閉じたそばから自分が情けなく思えてきます。理想の私が現実の私の額に、臆病者の焼きごてを押して去っていく。ああ、私はなぜこうもひとり旅が無視できないのでしょうか。それができたらなにが変わるというのでしょうか。

お茶請けレボリューション

数年前、確か四十代に入ってすぐのことだったと思います。スタバの『期間限定ベリーなんとかかんとかモカブリュレ』的なスペシャルドリンクが飲み切れなくなりました。夏のペチーノ系統も同じく無理。どちらも目は飲みたくて仕方ないのに、実際に口をつけるとSサイズでも最後まで楽しく味わえません。ありえない。最初の数口は期待通りの美味しさです。が、七口目あたりからその甘さとボリュームに体力を奪われる。飲むスピードが落ちる。アツアツだった温度も下がり、とうとう次の一口がつけられなくなる。

あーあ、結構残しちゃったかしら……と恐る恐る蓋を開けると、美しい曲線を描いていたはずの生クリームは霧散してコーヒーの表面に油膜を作り、トッピングのナッツやらチョコやらはコップの底に沈殿済み。深淵を覗く私の眼下にあるのは、泥沼の様相を呈した飲み物。いいえ、悪いのはスタバではありません。私です。スペシャルドリンクのスペシャルなエネルギーに、私がついていけなくなったのです。飲み物を飲むのに体力がいるだなんて、若い頃は想像したこともありませんでした。

コンビニの甘いものも途中で飽きるようになりました。仕事帰りにプリンやゼリーを買って、家に帰ったらまず湯を沸かす。やかんがシュンシュン言い出すまでに部屋着に着替え、洗ってはあるが茶渋が付きっぱなしのマグカップに紅茶を淹れる。いそいそとマグ片手にソファへ移動し、満を持してコンビニ袋から今日の戦利品を出す。あぐらをかいて、さあ！　テレビに悪態を吐きながら甘いものを食べる至福の時間！　となるはずが、二口三口と口に入れると「なんかこれ、いま食べたかったのと違う」と感じることが増えました。ならば痩せてもいいはずなのに、体重は一向に減らないんだから腹が立ちます。

日本茶にしろ紅茶にしろ、下戸の私にとってお茶請けは甘いものが定番。ならば大人らしくブラックコーヒーに小さな高級チョコレート数粒というスタイルも良いのですが、なんかこう、もっと気軽なものがつまみたい。もしかして、甘くないものが欲しいのかしら？　そう思ってポテトチップスを買っても、温かいお茶との相性はイマイチです。ならばフレッシュな果物？　悪くはないけれど、どちらかと言えばそれは朝に食べたいもの。和菓子？　んー、それもちと重く感じる頻度が増えてきた。さて、どうしたものか。もしかして豆？　豆なのか？

ホッと一息つく夜のお茶タイムに、つまみたいものがわからない。これは生まれて初めての経験でした。人生に於いてはどうでもいいことだけど、日常にとっては大事なことですよ。そもそもお茶のお伴になる食べ物なんてのは、ビタミンやタンパク質など体が必要としている栄養素とは無縁です。ただ口が欲しているだけです。栄養学的には、むしろ食べなくてよいものです。だからこそ。だからこそ！　無駄を承知で摂取するが故に、口に入れたときの「なんか違う」の違和感は三度の食事に感じるそれよりも強烈でした。「お茶請け」という楽しみがひとつ減ってしまったことに、私はさみしさを覚えました。

お茶請けロスに陥っていた8月の夜、女友達の家を訪ねることになりました。突然お邪魔することになったので、手土産はナシ。「うちにはなんにもないよー」と、彼女は言いますが、構わん、構わん。長年の間柄なので、そんなことは気にしません。

家に着くと彼女は美味しいほうじ茶を淹れてくれました。ここで気取ったハーブティーや冷えた飲み物などを出さないのが、この女のいいところ。マグカップでも煎茶用の白磁の湯呑みでもなく、手のひらで包みながら飲むのにぴったりの無骨な湯呑みに入った飴色のほうじ茶は、クーラーで芯まで冷えた私の体を少しずつ温めます。彼女のやさしさ（多分偶然だけど）が心に沁みる。うむ、美味しい。

台所へ引っ込んだ彼女が、急須と小皿を盆にのせリビングへ戻ってきました。あらら、どうぞおかまいなく、と恐縮する私の前に彼女が小皿を並べます。

卵焼き
おしんこ
明太子
予想外のラインナップに、思わず「は？」と声が出る私。「これしかなくてさー」と半笑いの彼女。洒落た甘いものもしょっぱいものもないから、おばあちゃんプレイとしてこれを楽しもう。そんな彼女のユーモアだと解釈しました。ほら、田舎のおばあちゃんたちって、この手のものをお茶請けにするではないですか。
しかし、それらを口に運んだとき、私の口内で小さな爆発が起こりました。ボカーン！　この瞬間の私を美内すずえ先生が描いたとしたら、確実に白目だったでしょう。
「こ、これや！」
東京の人間が架空のキャラを演じるとき、なぜいつも関西弁になってしまうのか？　その不思議は、一旦脇に置いてください。大事なことがほかにあるのです。
つい1分前まで「卵焼き、おしんこ、明太子」はウケ狙いの小道具でした。酒飲みならまだしも、私は下戸、目の前にはほうじ茶。この場には不釣り合いなはずでした。しかし、ひとたびそれを口に含んで訪れた口内の幸福、もはや「口福」という身の毛もよだつ言葉を使わざるを得ない高揚感が私の中から湧き上がっている。
そう、私の口はすでにババだったのです。お茶請けロスに陥った私の舌にマッチしたのは、おかずに半分足を突っ込んだような、日本酒のつまみになるような食べ物でした。そりゃスタバも全部飲めないし、コンビニスイーツも途中で飽きるはずですよ。

「やっと見つけた……」ほうじ茶と明太子のマッチングにうっとりしながら、私は子ども時代によく訪れた山梨の叔母の家を思い出します。早朝に目を覚ますと、ババたちは茶の間でお茶を飲みながら自家製の梅干しを食べ、お喋りに花を咲かせていました。白飯もないのに梅干しを食べるなんて変わっているなと思ったけれど、朝ごはんの前に食べ物を口にする背徳感に魅入られた私は、よくババたちの横でお茶をすすりながら梅干しを食べていた。あの頃ババと思っていた叔母たちは、よく考えればいまの私と10歳も年が変わりません。おお、私はついにあの領域に足を踏み入れたのか。

己に老けの兆候を見出すと、暗澹《あんたん》たる思いになるのが相場だと思っていました。実際、顔のたるみや白髪を見つけた時には気持ちも凹む。けれど、お茶請けの変化は新たなステージが目前に広がったような開放感を伴っていました。年を取るのも悪くないものです。お茶請けロスに陥っているそこのあなた、是非お試しください。

働く女の隠し味

学生時代からの女友達が十数名おります。以前は週に一度は集まっていたコアメンバーも、ここ10年は結婚、出産、多忙、海外在住などの理由で不参加気味。一堂に会する回数はぐっと減りました。それは少し残念だけれど、いまでは気が向いたときにグループLINEで言いたいことを書いてガス抜きするのが楽しみのひとつ。スマホから小一時間離れた隙に他のメンツが盛り上がり、未読が100件以上になる日もあれば、一言二言で終わる日もある。「うちら最強だよね！」的な選民思想に基づいた勘違いや嫉妬やライバル心は、加齢と多忙というふたつの荒波に削られだいぶ摩滅しました。結果、私たちの関係は今までになく穏やかでゆるぎないものになりました。

LINEにしろ直接会うにしろ、私たちが話す内容は仕事のこと、家族のこと、色恋などです。20年前とトピック自体は変わっていません。あ、四十代に入ってからは健康という新しいネタが出てきましたっけ。

仕事については、話す内容がだいぶ変化しました。二十代の頃、私たちの「仕事の話」

といえば、上司や会社に対する文句がメインでした。三十代、転職を経験した者と、新卒から同じ会社に勤めている者がそれぞれの経験を基に、二十代よりは建設的な愚痴、つまり解決可能か否かを仕分けしながら仕事の悩みを分かち合うようになりました。そして、四十代。今度は部下をどう管理していくかというトピックが、頻繁に出てくるようになります。

先日、それぞれが部下を持つ女友達と3人で久しぶりの会食をしました。ひとりは転職マスターで、月に2週間の海外出張をこなす子持ちの猛者。女友達の出世頭です。彼女は外資系企業でかなり重要なポジションを任されており、部下の数も20人を超えています。もうひとりは新卒で入社したゴリゴリの旧型日本企業勤務。つまり、女性が部長以上の役職に昇進するのがとても難しい会社ということ。そこで彼女は中間管理職に就いています。

仕事への責任感が強く、ある程度の実績も残してきた四十代の女性が、ゴリゴリの日本企業で働き続けるモチベーションを保つのはなかなか難しいことだと思います。本来ならば自身が昇進してもおかしくないポジションに、自分より経験値の低い他部署の男性が、昇進の実績を作るためだけに異動してくることが珍しくないからです。

上司の経験不足を補う業務と、若手の教育。そして、自分の業務。ある程度の時間が経過したら、異動してきた上司（男性）は、次の上のポジションへ。そしてそこにまた新しい、自分より経験値の低い上司（これも男性）がやってくる。考えただけで気が遠くなります。

彼女には強烈な出世志向がありません。しかし、会社が違えばもっと裁量権のある仕事を任されていたはずです。「実力が正当に評価される外資系に転職すれば？」と私を含む転職経験組はけしかけるのですが、当の本人は四十代からの転職に少し恐怖を感じる様子。一度経験すると抵抗がなくなり、何度もするようになるのが転職だと私は体感しているものの、最初の一回は処女喪失ぐらいの勇気が必要なのも事実。そりゃ怖いわな。ま、一度やってしまえば飽きたら相手を変えればよいだけの話だと思うのですが、品がないのでこの比喩はこの辺で止めておきましょう。転職と処女喪失は確かに似ているのだけれども。

少し騒がしい男女混合サラリーマンの隣のテーブルで私たち3人が互いの近況報告を終えたあと、悩める中間管理職である彼女がデキャンタから赤ワインを手酌しながら話し始めました。女性が上役になりづらい会社で不貞腐れずに働き、中間管理職までたどり着いた女が手に入れたお仕事ライフハックの話でした。

彼女には、部下と接する時に守るルールがあるのだそうです。曰く、部下の怠慢やミスが目に付きどんなに腹が立とうと、まず「いま私が完全に満ち足りた状態だったとしても、これを指摘し改善を要求するか」を考える。そして、それでもふるいに残ったものに限り注意する。それ以外には目をつぶる。一貫性のある態度をとるために必要な手順だと言っていました。

なんと理知的なやり方でしょう。私は心の底から感心し、彼女を尊敬しました。目の前で赤ワインをガンガン飲むこの女は、15歳から私と一緒に馬鹿をやってきた女です。高校では世界史のテストで一緒に赤点を取ったね。バラバラの大学に通ってからもカラオケで集まっては声をからしたよね。社会人になってからの平日は毎夜ファミレスで延々話したのを覚えているよ。休日にはあなたの部屋に入り浸っていたっけ。怖い話をしてギャアと声をあげ、隣人に警察を呼ばれたこともあったよね……。

結婚式の友人代表スピーチのような、J-POPの歌詞のような、はたまた献杯前のご挨拶のような。彼女との思い出がやや感傷的な走馬灯として私の脳内を巡りました。K山さん、あなた信頼できる立派な大人になったねぇ。働き始めて早20年、そりゃ当然だろと言われればそれまでですが、長年の女友達ほど、普段はどんな顔で働いているのか知らないものではないでしょうか。

カッとなったら深呼吸などと昔から言われていますが、深呼吸したところで不服な気持ちは顔に出てしまう。顔に出た不服は言葉を帯同していない分、相手の心に不安と不信を生みます。ああ、なんか文句あるんだな、でも言う気はないんだな、めんどくさいな、この人……と思われてしまう。すると、伝えたいことは一切伝わらなくなります。

そんなのお互いにとって時間の無駄です。

伝えたいことがあるならば、はっきり言うときは言う。言わないときは言わない。なによりも、その態度に一貫性を持つ。気分で対応を変えないことに注力する。これこそ人の上に立つ人間に求められる資質だと思いました。

彼女が「すべて私が満ち足りていたとしたら」とシミュレーションしてから注意するのは、ヒステリックな女と思われないための防衛策でもあります。腹が立つことに、女が抗議をするだけで「感情のコントロールができない人」と烙印を押される場面がまだまだあります。誤解を正すためには、そうではない女がいることを実体として証明しなければいけないのです。本当に面倒なことだ。でも、やるんだよ。

セミナー仕込みの積極的マネージメントに比べたら地味ですが、感情に任せた憤怒や嫌味を武器に相手を支配下に置くようなやり方ではなく、一貫性のある行動で信頼を勝ち取るのは仕事の効率を上げるのに大変有効だと思いました。目立って気付かれることはないけれど、じわじわと効いてくる隠し味のようなテクニック。私も早速見習おうと思います。

山田明子について

１９９０年代前半。その頃に限って言えば、女子大に通っていた女はたいていＪＪかＣａｎＣａｍを読んでいました。ＶｉＶｉやＲａｙも当時からあったけど、それは２冊目３冊目の選択肢というのが私の記憶。

当時のＣａｎＣａｍ専属モデルは、花にたとえるなら黄色のポピーやピンクのデイジー。わかりやすく親しみやすい華やかさが魅力でした。そして私はそれに引け目を感じていました。だからというわけではないけれど、私の愛読書はＪＪでした。

あの頃のＪＪは梅宮アンナと梨花の二大巨頭が幅を利かせていました。大輪のダリアのようだったこの二人は確かに魅力的でしたが、私はブレンダや熊沢千絵や山田明子《はるこ》のお嬢さん然としたてらいのない佇まいが好きでした。自己顕示欲が乏しいというかなんというか、花にたとえるなら白地に紫のトルコ桔梗、薄いピンクのバラ、オレンジ色のクロッカス。綺麗は綺麗なんだけど、派手さとキャッチーさに欠けるといったところ。だが、そこが良かった。

なかでも、山田明子のござっぱりとした佇まいが魅力的でした。パッと見はブレンダや熊沢千絵の方が深窓の令嬢っぽい。しかし、太い眉となにものをも恐れぬ媚《こび》のない視線は、山田明子がいちばんでした。まるでリボンの騎士のようでした。愛されて育ってきたことに疑いのない自信が、全身から発せられているように見えました。

実際、彼女は良家のお嬢さん。これから一生、なに不自由なく生きていくんだろう。彼女の幸せほど、揺るぎないものはない。そう思わせる女性でした。

少し前、「読者モデル」なんていう手に届きそうな存在が人気を博しましたが、私は圧倒的に手が届かないもの、後天的にはどんなに頑張っても手に入らないものに打ちのめされるのが好きです。「育ち」はその最右翼と言えるでしょう。自分では選べないからこそ、本人は無自覚だからこそ、圧倒的なのです。

山田明子が持っていたもの、それは他のモデルが追随できない育ちの良さでした。この女は子どもの頃からドイツ車のドアの重さを知っているに違いない。そう思いました。

社会人になり、私はJJのことをすっかり忘れてしまいました。CLASSY.やVERYにはうまく移行できず、私は「光文社」と言われたらシャーッと猫が威嚇《いかく》の際に出す声みたいなものが喉から漏れる大人になり、やがて山田明子のことはすっかり忘れてしまいました。

2000年代初頭。山田明子が真木明子になったというニュースが耳に入りました。

真木蔵人と結婚したというのです。驚きました。

真木蔵人は1970年代生まれが高校生だった頃のあこがれの存在です。当時はチーマー全盛期。ちょっと危なっかしい、けれど甘えん坊のような、アメリカからやってきたカッコイイ不良みたいな存在が真木蔵人でした。実際にはアメリカからやってきた不良なんて私は誰ひとり知らないんですけど、まぁ女子高生が持った精一杯のイメージですよ。

高校時代、一度か二度だけ、親に嘘を吐いて渋谷でオール（一晩中遊ぶ）したことがあります。朝4時か5時のセンター街で、マウンテンバイクにまたがり颯爽と走る真木蔵人を見かけました。宮沢りえとドラマに出たあとぐらいでしょう。あれには見とれました。マウンバの後ろにはきれいな女の子が、真木蔵人の肩に手を置いて立ち乗りしていたっけ。あんなに洒落た二人乗りは以来見たことがありません。東京の高校生にとっては「昨日、渋谷で真木蔵人見たよ」が飛び切りの自慢になる時代でしたし、私は大興奮でした。

真木蔵人は文句なくカッコイイ。そこに異論はない。しかし、良家の子女である山田明子が不良っぽい真木蔵人を選んだのは、私には意外なことでした。真偽のほどはわからないけれど、彼にはトラブルの噂が絶えなかったし、たしか既にお子さんがいたはず。いやいや、子どもがいる人と結婚するのが悪いという話ではありません。ただ、山田明子はもっとうまいことやると思っていたのです。たとえば家族ぐるみで付き合いのある良家のお坊ちゃんとか、学生時代からの運動部の彼氏とか、そういう人とシュッとあるべきところに然るべきタイミングで納まって生きていくだろう。舗装された道に敷かれた赤じゅうたんの上を、軽やかに歩いていくだろう。そう思っていたのです。

良家の娘だからこそ、不良っぽい男に惹かれるってのもあるよな。好きになったらまっしぐらなタイプなのかな？　なんて思いながら、私はまた山田明子の存在を忘れました。

２０１０年。ツイッターで山田明子を見つけました。シンディー・クロフォードの次、32番目にフォローして彼女のツイートやブログを見るようになりました。ブログのタイトルは「ママは海女《サーファー》」。へー！　サーフィンが好きなのね。だから真木蔵人と。なるほど、今は千葉に住んでいるんだ（当時）。旦那様にそっくりなひとり娘を「いづみどん」と愛称で呼び、臆面もなく可愛がる。モデルにもかかわらず、日焼けもお構いなしにすっぴん写真を載せるのが印象的でした。

誰もが自分の生活を身の丈以上に見せたがるのが当然のご時世で、山田明子はブレた写真も酔っぱらった写真もお構いなしにバンバン載せる。ツイッターでは家が古くガタがきていることにブツブツ文句も言う。真木蔵人の息子も、ノア坊ちゃんという名前でよく出てくる。彼女は広い心と深い愛情の持ち主なんだろうと思いました。「東京から少し離れたところでゆったりロハスライフ」なんて気取っても良さそうなのに、自分を高く見せるようなことは一切しない。そんな生き様が伝わってくるブログが素敵でした。たまに千葉のヤンママみたいな写真もあるけれど、彼女の笑顔は相変わらず高貴。そして、相変わらず幸せそうでした。

２０１２年、雲行きが怪しくなります。飾らないツイートが魅力とはいえ、「明子、そこは隠しておけ」と他人の私が心配になるようなツイートが続きました。８月、彼女はシングルに戻り、名前をＨＡＲＵＫＯに変えました。

私は勝手に残念がりました。周囲の人からずーっと変わらぬ愛情を注がれて生きていくのが山田明子だと思っていたから。妬みとか嫉《そね》みとか自己嫌悪のような感情から、一切切り離されたところにいるのが山田明子だと思っていたから。

芸能人が離婚を経て人を信用できぬ顔になっていくのを、テレビ越しに何度も見てきました。そういうことが山田明子にも起こるのではないかと、これまた勝手に気に病みました。明子にそれは似合わない。どうか持ち前の明るさで乗り越えますように。

一般人というのは勝手なもので、芸能人の名前が世間を賑わすときだけこういうことを思い、そしてまた忘れていきます。私もこれまでに、何度も山田明子を忘れてきました。私は彼女がモデルを務める雑誌は読まないし、また少しずつ山田明子への熱が冷めていくのかと思っていました。

ところが。

2013年ごろでしょうか。HARUKOこと山田明子（私のなかでは一生、山田明子）がインスタグラムを始めました。最高のインスタグラムを始めました！　このアカウントには、山田明子のいいところがすべて詰まっていると言っても過言ではありません。正確に言えば、私が見たかった山田明子以上の山田明子が詰まっている。

ひとこと、雑です。良く言えば、おおらか。

こんなインスタグラムを、私はいまだかつて見たことがありません。山田明子はモデルです。だのに、写真が暗くても画角が微妙でもおかまいなし。ガニ股で自転車に乗る。大ジョッキを持って写る。軽トラの荷台に乗って足を上げる（それも何枚も！）。いづみどんが犬を抱いて寝ている布団のシーツと毛布の柄がバラバラ。「シングルになっても私は幸せで豊かな暮らしをしているわ！」と喧伝するようなそぶりがまったくない。それでいて下品な印象はゼロ。且つ、保身的自嘲や過度の謙遜をチラつかせるようなことも皆無。なんだこの奇跡のバランスは。かっこいいなぁとため息が出ます。

インスタグラムのなかの生活なんて虚飾が前提みたいなところ、あるじゃないですか。脚もシワも伸ばして、無菌状態のライフスタイルを切り売りするような写真ばかりのなかで、山田明子は飾らない素の魅力を無自覚にばらまいていました。顔を小さく見せるポーズなど1枚も見当たりません。水着の写真も、スタイル良く写ろうという意識が皆無。しかし、サーフィンで鍛えた体は、肌を加工して肉を上手に隠したよくあるインスタ写真よりずっと説得力があるのです。「等身大の」なんて枕詞をつけて飾り立てた日常がバレていないと思っている連中は、山田明子のインスタグラムをいますぐ見てください。いいか、これが本気の等身大だ！（注：ご本人の名誉のために記しておきますが、ファッションフォトはプロ意識を感じさせる素敵なものばかりです）

ここで私はひとつのことに気付きます。山田明子のいちばんの魅力は、いわゆる無意識過剰なところだと。自意識過剰な演出ばかりが目に付くSNSで、山田明子の佇まいは、育ちの良さが無自覚に滲み出ていた二十代の頃と変わらず圧倒的。これは誰にも真似できないなと白旗を上げたところに、あ、ノア坊ちゃんとのツーショットを発見。別れたあとも、家族なんだね。私はここでウルッと来てしまいました。これ以外にも、いづみどんの祖父であるマイク眞木さんのお誕生日を、元夫を含む親類縁者で祝う写真も定期的にポストされます。いづみどんの祖母にあたる前田美波里さんといづみどんとの3ショットも。山田明子はやっぱり愛情深い人なんだ。どんなキラキラ写真よりも、彼女がいま幸せなことを雄弁に語る写真だと思いました。

彼女の無意識過剰は留まるところを知りません。私が最も打ちのめされたのが弁当の写真です。年頃のお嬢さんを持つママモデルとして、娘に作る弁当はいちばんの盛り所でしょう。キャラ弁？　それとも自然派マクロビ弁当？　曲げわっぱに玄米仕込む？

仕事もして、綺麗に自分をケアして、ママとしても完璧！　そんな姿が世間では好まれます。が、山田明子の作る弁当はそんなんじゃねぇのよ。美味しそうだけど、雑。ハンバーグ、でかすぎ。肉、多すぎ。隙間をポテトで埋め過ぎ。弁当箱の下段がロールパン2個は斬新過ぎ！　キャラ弁と銘打って、細く切った海苔だか昆布だかで幼稚園児が描く人の顔みたいなおにぎりの写真をアップしたときには「最高だ！」と声が出ました。なにが最高なのか？　山田明子は完璧ではないから。完璧ではないことを、隠していないから。完璧ではないことを隠さない人は、逆説的に完璧だから。不完全は不幸と等号で結ばれないことを、山田明子は全身で証明してくれているから。私はことあるごとに彼女のインスタを友達に見せているのですが、小さなお子さんを持つ働くお母さんがぽろっとこぼした言葉が忘れられません。彼女は言いました。「ホッとする。そうだよね、愛情があれば、それでいいんだよね」と。

最近は弁当箱を変えたのでそこまでのインパクトはないのですが、それまた最高ではないですか。雑な弁当が受けると知ったらわざとらしくそれを続けそうなものなのに。そういう企みは、山田明子と無縁です。

山田明子は、不健全に人から必要とされたがらない。それは彼女が自分で自分を満たすことができるからでしょう。

山田明子は自分におおらかです。不完全な自分に自分でＯＫを出している。自分におおらかなのと「どうせ私なんか……」と諦めるのは大違い。己に過剰な期待をせず、見切らず、そのバランスはとても難しい。

他にもオススメフォトはたくさんあります。水着の背中一面がカッピングの赤いあざだらけの写真。スタイルいいけど若干グロい！　こんなの普通載せないよ！　ハロウィンのピンボケ自撮り。メイクが流血過ぎて、これじゃあバタードワイフ（DVを受けた妻）だよ！　そんな写真たちの中に、2メートルは優に超す大きなツリーを飾った弟さんご夫婦宅でのクリスマスパーティーや、身ぎれいで品の良いご両親の写真が混じる。くどいようですが、山田明子は紛れもなく良家の子女。あこがれすぎて鼻血が出そう。

2016年。私はいままでいちばん、山田明子が好きです。長年の熱心なファンとは言えませんが、同じ学年の彼女を雑誌やブログやSNSを通してぼんやり20年見てきました。そこに写っているものがすべてではないでしょう。眠れぬ夜も、誰にも言えない出来事もあったでしょう。それでも、山田明子は不自然さのない幸せにいつも包まれているように見える。そこが何物にも代えがたい魅力です。こんな人、なかなかいませんよ。

さて、私がなぜ会ったこともない同世代の女性にこれほど肩入れしているかと言えば、そこには下衆《げす》な理由があります。決して後天的には手に入らない出自に圧倒されながら、生まれや育ちですべてが飛び級できるわけではないことを、私は彼女のなかに見たいのでしょう。模倣できない彼女のたおやかさにねじ伏せられる快感を味わいながら、育ちが人生のすべてを約束するわけではなく、幸せはあくまで自分でつかむもので、その点に於いて人は等しく平等だと彼女に証明してほしいと願っている。

どんなに育ちが良くとも、掛け値なしの愛情の交換では誰もが傷付く可能性がある。けれど、そこから立ちあがって前を向ける者だけが、より深い愛情の持ち主になれる。そう信じたいのでしょう。そんな下衆な心を、私は勝手に山田明子へ投影しているのです。

ハタチそこそこの彼女を見た時、この人は揺るぎのない幸せのもと、これからの人生なに不自由なく生きていくんだろうと思いました。20年経ったいま、そんなに簡単な話でもないことがわかりました。世間に見えている限りでさえ、彼女の人生にもいろいろあったとわかります。しかし、彼女の笑顔は相変わらずまぶしい。なんと晴れ晴れしいことでしょうか。

クローゼット4つめ

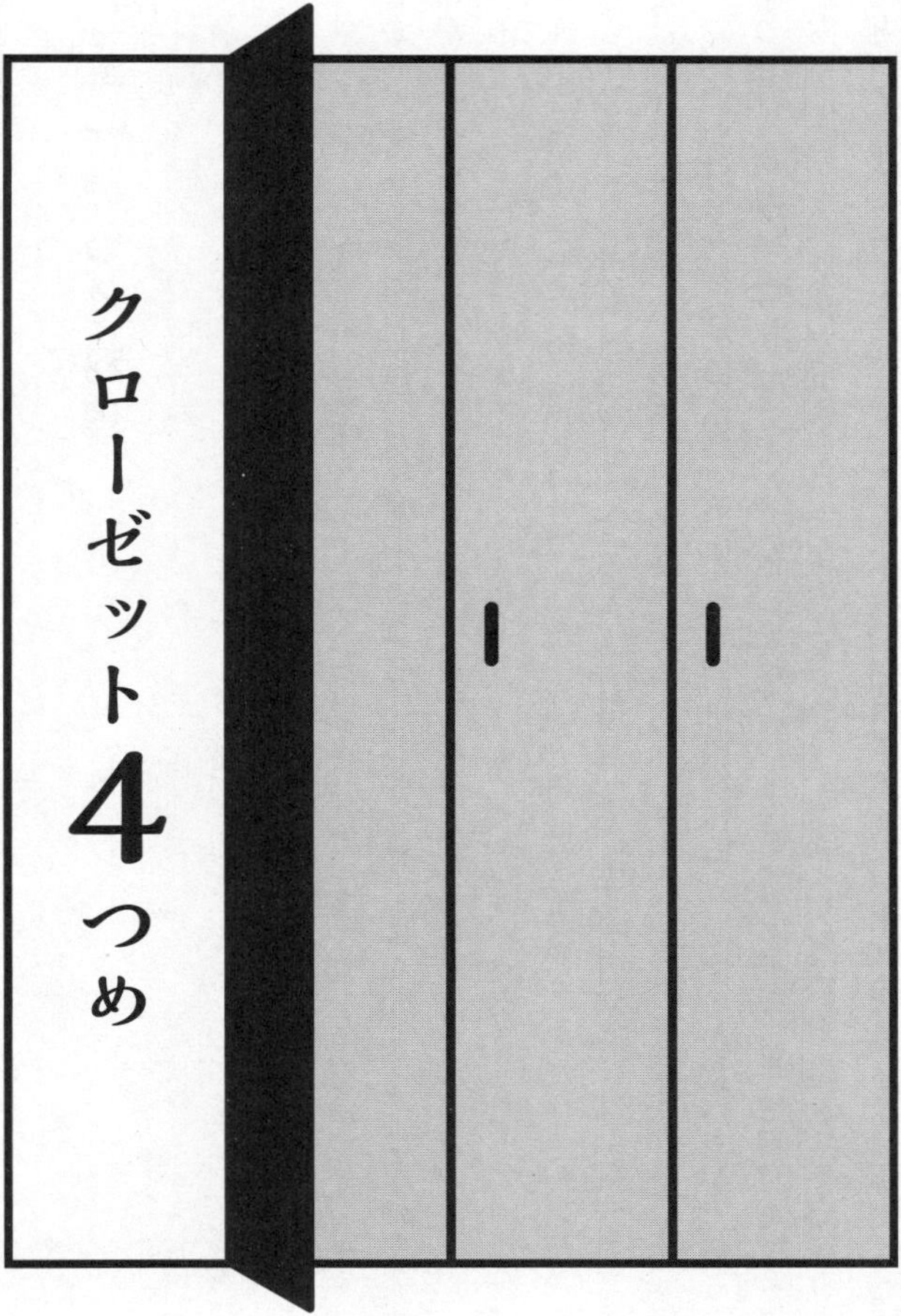

「手」のつく料理

手料理の「手」ってなんでしょうね。手作りのことだとは思うけれど、一流レストランのシェフだって機械で料理を作っているわけではない。ちゃんと手を使っています。しかし、「シェフの手料理」とは言わないではないか。ならばこの「手」はなにを表すのか？ 手ごね風ハンバーグはなぜ「風」なのに尊ばれるのか。

困ったときは辞書です。インターネットです。難しい言葉をググるとたいてい辞書での定義が掲載されているではありませんか。だから今回もそうしたのです。何の気なしに「手料理」をググったのです。すると、大辞林 第三版（三省堂）には「自分で、またはは自分の家でつくった料理」とありました。

で、問題はそれ以外の検索結果ですよ。「簡単に作れる！ 『彼氏が食べたがってる本当の手料理8選』」「【実話】こんなとき、男はグッとくる！ 『鉄板・手料理11選』」「男が本当に食べたい彼女の手料理は」などなどなど。ああ、やっぱり。検索結果は辞書より雄弁だ。ちなみに、「シェフの自炊」には違和感ないですね。なんでだ？

成果物である「手料理」と、行為としての「自炊」。同じようでいて、印象は大きく変わります。たとえばSNSにアップされた雑な焼きそばの写真に「今夜の自炊」とあるか「今夜の手料理」とあるかで印象はだいぶ変わる。自炊ならばなんとも思いませんが、手料理ときたら「え？　それを手料理って言っちゃう？」と思わなくもない。少なくとも、私は。

なぜでしょうか。手料理という言葉には、辞書には定義されていない「時間」と「労力」をかけた「もてなし」の意味が含まれるからではないでしょうか。「自分で、または自分の家でつくった料理」でありながら、自分で食べる自分のための料理は含まない、それが手料理。もてなしが前提、それが手料理。でもシェフの作った料理は「手料理」とは言わない。なぜだ。もしかして、お金を払うから？　だからレストランでは「シェフの手料理」とは言わないわけ？　「もてなし」ではなく「（無償の）もてなし」が手料理ってこと？

「時間」と「労力」をかければ、その分だけ尊く、美味しくなるとも考えられているのでしょう。だから、手ごね「風」ハンバーグが存在するのです。論理的に考えたら、同じ食材を使って「機械ごね」と「手ごね」で大きく味が変わるとは思えないのにね。

さて、手料理が「（無償の）もてなし」の意味を持つと仮定すると、そこにはそれを受け取るに値する相手の存在が必要になります。それは誰か？　子どもでも親でも友達でも良いはずなのに、世間一般の認識は冒頭の検索結果でご紹介した通り。つまり女が男を喜ばせるための手段が「手料理」らしい。ちなみに「料理」で検索しても、男に食べさせる前提のサイトは1ページ目には出てきません。問題は「手」だ。あ！　小料理屋のおかみが客に出すのは「手料理」扱いされそう。ということは、実質的に有償か無償かが問題ではない？　ペンションでも「オーナーの手料理」が売りのところがありそうです。「気取りがない」とか「家庭的」という意味も「手」には含まれているのだろうか。

「シェフの手料理」にだけ個人的な違和感を持つのなんでだろう。料理だけを専門にしている人の作った皿に「手」がつくと、おや？　と思うのなんでだろう。料理のプロではない人が作った皿に「手」がつくと、それが家庭的と感じられるのなんでだろう。巡り巡って、家庭で毎日料理を作っている人が、プロと見做されないのなんでだろう。仮定に仮定を重ねていたら、頭の中で赤と青のジャージが踊り出してしまいました。

私が手料理というワードにここまで過剰反応してしまうのは、「愛される女は料理ができる」という都市伝説を少なからず信じているからです。そして、延長線上にある旧来型のあるべき姿、つまり「女は家庭を内側から切り盛りすべし」におびえ、そうはできそうにない自分をどこかで見下しているからでもあります。私は欲張りなので、仕事もするけど料理もチャチャッとできる女を自称すらしたいのだと思います。だって、なんやかんや言ったって求められているのは「どんなに忙しくとも家庭を内側から切り盛りできる女」ではないですか。ハードル、前の時代より上がってるよ。

事実、数年前まで私は友人を家に招き手料理を振る舞うホームパーティーのようなものをやっておりました。ジェーン・スー食堂なんてイベントをやったこともありました。友人と我が家で食事を共にするのは間違いなく楽しいのですが、私が良く働くことを知る人から「美味しい！　これ、どうやって作るの？」なんて尋ねられると、もっと嬉しくなってしまう。仕事も料理もできる女と見做されたくて仕方がなかったのでしょう。

しかも、いやらしいことにそのホームパーティーには旧知の友人は誘わないのですよ。彼女たちには別にもてなし上手と思われなくてもかまわないからです。どーでもいい。それより美味しいものをケータリングしたり、外で食べたりする方が楽しいし疲れない。そう、もてなす料理は面倒だから。本音は「必要なら自炊はするが、人をもてなしたいほど料理が好きなわけではない」のです。私には、他にやりたいことがいっぱいある。恋愛の局面では頑張って作っていたこともありました。茄子と豚の味噌炒めを出すと必ず顔が曇る男がいたな。「好き嫌いは良くないよ」なんて偉そうに言ったけれど、いま思えば口に合わなかっただけなのでしょう。

盛り付けも、私にとっては高いハードルです。美味しければ十分と心底思っているので、目に麗しいあれこれをやる動機が見つからない。俗にいう男臭い容姿のパートナーから食材ごとに美しく並べられたお手製の筑前煮を出されたとき、私はすべてを諦めたような気がします。人には向き不向きがある。

愛されるために料理をするなんて、馬鹿みたい。男に定型の男らしさをアピールされたら、私はその俗っぽさにテンションがダダ下がりするでしょう。ならば、私が無理して手料理を作り、シナを作るのも同じように気持ちが悪いはず。「作るの面倒だから寿司食べに行こうよ、寿司。払うから」と気前のよいことを言いながら、回りそうでぎりぎり回らない、しかし代用魚はそれなりに出てくるぐらいの手ごろなお寿司屋さんに男を連れて行くのが私なのです。ちょっと情けないけど、仕方ないよ。まるで自炊ができないわけでもないんだし、得意な人が得意なことをやればいいではないか。

手料理を褒められた結果として愛されることと、愛されるために手料理を作るのは同義ではない。頭では理解しています。しかし、ふと弱気になると、自分を幸せにするためにあるこの両手を、人から愛情を引き出すためだけに使いそうな危うさが、人を支配するために有り体をなぞって気に入られようとする危うさが私の中にもまだあるのです。思い込みとか刷り込みっていうのは、人が弱ってる時に濃度を増すものなのだ。気を付けないと、あとで痛い目を見るのは自分なのにね。

体重計に情けはない。

「さあ、お乗りなさい」と差し出され、戸惑いなく服のまま乗り、親指と親指の間に光る数字に動揺しない者だけが私に石を投げなさい。なんの話をしているかって？　体重計に決まっているじゃないか。

体重よりも筋肉量、体重よりも体脂肪率。いえいえ、体重よりも見た目！　賢者が私たちを啓蒙し始めてから随分と時間が経ちました。正論、正論。おっしゃる通りだと思います。が、誰がなんと言おうと、私は自分の重さが気になって仕方がありません。13歳から現在までの30年で、私は少なくとも1000回以上体重計に乗っているでしょう。そして、そのうち7割は出てきた数字にがっかりしています。残り1割は天にも昇る気持ちでハイになり、あとの2割は「ああ、そう」と無表情になる。こんなに私を振り回す数値はほかにありません。

思い返すは数十年前。左右に揺れる針がおおよその数字を指し示していた子ども時代の体重計はおおらかでした。それがいまでは、たった数千円で小数点第2位までの重さを表示する機械がドン・キホーテで手に入る。体脂肪率や筋肉量は当たり前、頼んでもいない体内年齢までご教示頂ける時代です。ホント、頼んでない。

雑誌のダイエット特集は、1kgの増減に一喜一憂するなと必ず言う。しかし、寝る前に55・45kgだった体重が朝起きて54・70kgになっていたら、たった0・75kgの減りでも私は嬉しさに顔がニヤけてしまいます。通勤電車でイケメンと目が合うよりも、朝起きて乗った体重計が前日より少ない数字を示す方が私は幸せです。逆も真なりで、たらふく食べた翌朝は体重計に乗れません。

さて、1kgの増減に一喜一憂する私が、明らかな食べ過ぎを続けたらどうなるか。しばらく体重計から遠ざかります。それは脱衣所の隅に追いやられ、しばらくのあいだ亡き者となるのです。なにかの拍子にぶつかって、つま先でピッと体重計のスイッチを入れてしまったときの気まずさと言ったらありません。0・00で点滅する表示が「ほれ、乗れよ！　乗りなさいよ！」と私に発破をかけてくる。しかし、放っておけば点滅は勝手に終了するので、私は逃げるようにその場を去ります。

そこからスカートがきつくなり、パンツのジッパーがあがらなくなり、これは本当にヤバいなと思うまでにだいたい1ヵ月。意を決して乗ろうとすれば時すでに遅し、体重計は天文学的数字をたたき出します。ある女友達は、久しぶりに乗った体重計の上でひとり「ほほー！　そうくる！」と大声を上げたとか。想像よりずっと重かったんでしょうね。わかる、その感じ。

友達と年がら年中「太った痩せた」とは話せても、体重の数値をサラッと正直に答えられる人はごく少数だと思います。たとえば先ほど私が例として挙げた55・45kgという数値、実際には私の体重よりずっとずっとずーーーっと軽い。誰かに嘘を吐かせたかったら、体重を聞くのがいちばん手っ取り早いのかもしれません。

一方、数字は嘘を吐きません。体重計がこちらに気をまわして「昨日よりちょっと重いけど……数値、見ますか？」と尋ねてくることも皆無。昨日より重かろうが軽かろうが、システマティックにピピッと数字を表示します。機械ならではの躊躇《ちゅうちょ》のなさが、乗る側の心を容赦なく抉《えぐ》ります。できれば数字を表示する前に、少し増えていたら黄色、ヤバい時は赤の光を放ってくれないか。そして減った暁には爽やかなメロディーを流し、良い知らせがあります！　と一言かけてくれればいいのに。タニタもオムロンも情緒的な体重計を開発する気は皆無なのでしょうか。

体重以外にも、増えると気が滅入り、人に聞かれるとドキリとしてサバを読みたくなるとされているものがあります。女の年齢です。体重も年齢も数字が小さい方が良しとされているからでしょう（いったい誰が得をする基準なのかしら？）。しかし年齢は誰にでも平等に、一年に一回だけ増える。よって、精神的負荷は体重より低いと言えるでしょう。年齢の増加は、自分ではコントロールできませんしね。

病気でない限り、体重は自己管理できるはず。しかし、私はその「できるはず」のことができたためしがない。もともと体重の増減は激しい方ですが、年齢を重ねるごとに増えたり減ったりを繰り返しながら体重は緩やかに増加しています。努力なしにそれを食い止めることはできないのです。つい先ほどもトイレの後に乗ってみたら、その数字は思っていたより300g重かった。今夜は夕飯を軽めに済ませたにもかかわらず、です。思わず「馬鹿じゃないのか！」と大きな声が出ました。体重計に向けて放った馬鹿の一言は瞬速で自身に跳ね返り、私は自分のことが少し嫌いになります。たかが300gに一喜一憂する自分にも嫌気がさします。体重計は私をやさぐれにするのです。「体重より見た目。体重より見た目」と呪文を唱えながら、先日からスクワットを始めました。うまくいけば、1ヵ月ほどで尻が上向きになるらしいのです。体重なんて気にしない、気にしない。いや、本当に気にしていたら、食事を制限するはずだもの。それをしないってことは、そんなに気にしていないのよ。本当に大事なのは見た目よ。そう自己暗示をかけながら胸の前で腕をクロスし、尻を突き出して深くしゃがむ。そして額に大粒の汗をかいた私は思います。いや、そうじゃない。私は美味しいものを好きな時に好きなだけ食べながら「あーあ、食べちゃった！」とやるタイプの人間だ。ここ数十年ずっとそうだ。そんな人間に、痩せたいからと合理的に食事を制限できるようになる日がくるわけがない。

「本当にそれを望んでいたら、もっと頑張るはずだ」という理屈は、正論なだけに息が詰まります。私がそれを本当に望んでいないから体重が減らないのならば、この心が持て余す「体重が減ったらいいのにー」という思いはなんなのか？　渇望ではないと言うのか？　結果を伴わぬ変身願望は、欲望として無いに等しいなんて納得できるわけがありません。

スクワットは10日ほど続いていますが、同時に3日に一度体重計に乗るのは止められません。もちろん、数字はまったく減少の兆しを見せずです。こうやってイライラビクビクしながら、私は一生この板に乗り続けていくのでしょう。

ホラー・オブ・ヒーリングミュージック

ヒーリングミュージック、お好きですか？　ヨガスタジオやリラクゼーションサロンでうっすらかかっているアレです。リズムも歌もなく、シンセサイザーのプゥウ〜オォォォァァァァーという音色だけが永遠に響くインストゥルメンタル音楽。サロンでかかっている分には気にならないけど、アレを日常生活に採り入れようと思ったことはありませんでした。

ある日のこと、ＴｏＤｏリストが巻物のように長くなり身動きが取れなくなったので、友人に助けを求めました。ふたつ返事で快諾してくれた友人と二人で「さぁやるぞ」と腕まくりをするところまでは良かったのですが、どうしても与太話に花が咲き頻繁に手が止まってしまう。なので、YouTubeで「集中できるヒーリングミュージック」をかけながら仕切り直すことにしたのです。フフフ。もちろん１００％冗談のつもりですよ。そんな音楽で集中できるようになるわけがないじゃないか。馬鹿らしい。

この友人も私も、商業的スピリチュアルが大の苦手です。安価で楽して得しようと浅ましく思った時、スピリチュアルという言葉はとても便利だから。誰に便利かと言えば、その名のもとに商売をする人間にとってです。持つだけでモテるようになる石、聴くだけでお金持ちになるCD。どちらも「安価で楽して得しよう！」の典型ですが、効果は測定不可能で儲かるのは業者だけ。つまり、楽して得できるのは業者だけ！　こっちには大事な金を失うリスクしかありません。ハマり過ぎたら友達まで失うかもしれないですし、いいことなんかひとつもないよ。

半笑いで検索をかけると、脳の機能を高め、集中力をアップする効果があると謳うヒーリングミュージックを見つけました。強力なα波だか超音波だかが入っているんですって。「イルカじゃあるまいし、そんなの聞こえないわよね」と毒づきながら再生ボタンを押し、私たちは作業に戻りました。

2時間後、私たちはバツの悪い表情でお互いを見ることになります。いまだかつてないほど作業が捗《はかど》ってしまったのです。それは素晴らしいことのはずなのに、どうにもこうにも受け入れがたい。強力なα波だか超音波だかで、私たちの脳機能が高まった？嘘でしょう？　苦笑いのあと、私は少し怖くなりました。こんなに楽して得が取れるわけがないのです。

友人が帰ったあとも、私は同じ音楽を聴きながら作業を続けました。「あれはまぐれだったのかもしれない。もう一度確かめなくては……」と冷静さを装いながら、どこかで「あのずば抜けた集中力をもう一度体感し、簡単に手に入る達成感におぼれたい」と欲情していました。さっきより少しボリュームを上げると、プゥウ〜オォォォァァァーという音色が仕事部屋に響きわたります。

それから怒濤の3時間、私は集中しまくりました。外がガヤガヤとうるさかったけれど、まったく気にならず作業に没頭できた。普段の私なら、すぐ様子を窺いに外へ出たでしょう。

音楽が終わり、なんとも言えない達成感と高揚感に満ち満ちていると、部屋の外がまだ騒がしいことに気付きました。外はもう真っ暗。さすがにおかしいと玄関のドアを開けたら、廊下一面にKEEP OUTと黒字で書かれた黄色いテープが張り巡らされているではありませんか。サスペンスドラマの事件現場で見るアレです。サスペンスドラマにつきものの人たちもいました。鑑識です。私は呆然とその場に立ち尽くしました。「あの……」と恐る恐る話し掛けた私に、鑑識の人はすまなそうな顔で事の次第を説明します。ひとり暮らしの隣人が、部屋で亡くなっていたのが見つかったのだそうです。「いまのところ事件性はなさそうなので大丈夫ですよ」と言われたけれど、なにがどう大丈夫なのか、私にはわかりませんでした。

隣人と言っても隣の棟ですし、私はその方と面識もありません。死亡推定時刻も私にはわかりません。それでも、私がヒーリングミュージックで過集中している間に、すぐそばでひとりの人間が命を落としていたのかもしれない可能性は否定できません。

　ふと見ると、立会人と書かれた腕章を腕につけた管理人さんが、パイプ椅子に座りうなだれていました。過集中していなければ隣人を助けられたわけでもないのに、私は後ろめたい気持ちでいっぱいになりました。自分のことばかり考え発情していた時、そばで死を望まぬ人が命を落としていた。みぞおち辺りに重い鉛をぶら下げられたような気分でした。

　それだけで十分に予想外だった「ヒーリングミュージックに効果アリ」という体験は、隣人の死というもっと予想外の出来事と強固に紐付けられました。ふたつの出来事に関連性などないのだけれど、どうしても楽して得した私が罰を受けたように感じてしまう。見知らぬ人の死すら自罰に引き寄せて考える己の傲慢さにも身の毛がよだちます。

　それ以来、私はもう二度とヒーリングミュージックを……。そう言えれば良かったけれど、私はたまに例の音楽を流しながら仕事をしてしまうのです。後ろめたさに苛まれながらも、楽して過集中の恩恵にあずかろうとしてしまうのです。

　YouTubeの再生ボタンを押せば、否応なくあの日の記憶が蘇ります。それでも聴いてしまうのは、やはり楽して得が取れるからでしょう。

　商業的スピリチュアルとは距離を詰めたくありませんでした。なぜなら、私も楽して得したい欲にまみれているからです。「こんなの効果があるわけないでしょ」と他人の浅ましさを蔑みながら、機会があればあっという間に足を掬《すく》われるに違いない自分の弱さをどこかで自覚していたのです。「楽して得」の人参を鼻先にぶら下げられたら、私は簡単に走りだしてしまう。ズブズブと沼にはまってしまう。

今回はお金を失わずに済んだけれど、なにかもっと大切なものを失ってしまったような気がします。「効果があったなら、それでいいじゃない」とは思いません。これをきっかけに、これからの私は効果のないものにも簡単に財布を開いてしまう可能性があるからです。

ヒーリングミュージックが私のスピリチュアル的ゲートウェイドラッグにならないことを、いまは切に願うばかりです。

そうだ 京都、行かない。

偏見丸出しで尋ねますが、京都好きとアメリカのエンタメ好き、どちらが知的な大人に見えますか？　私には前者がそう見えます。そして残念なことに、私は後者です。いまだアメリカのエンタメにうつつを抜かし、ビヨンセ、ヒューヒュー！　とか、マドンナ、オーイエー！　なんて奇声を発しています。全体的に、わちゃわちゃしたものが好きなまま中年になってしまいました。

片や、京都。しっとりと、京都。はんなりと、京都。歴史ある和の文化、和モノを美しく配置するのに最も適した街、京都。

40歳をとうに越えたのに、私は京都に興味が持てません。いつまで経っても「そうだ京都、行こう。」となりません。そして、そのことを大変うしろめたく思っています。「和の文化を愛するものこそ、真に心の豊かな大人である」そんな強迫観念が私のなかにずっと存在するからだと思います。

京都は長年、流行という刹那なふるいの網目から滑り落ちた中年たちの受け皿でした。

若かりし頃は息をするように流行りを察知し、それを採り入れたり反目したりすることで自己を形成します。私も流行との折り合いや相性で己の輪郭を確かめてきました。

中年期に差し掛かったあたりから、タレントの名前がわからない、話題のブームを我がこととして体感できない、世間は明らかに自分たちを見ていない、などの珍現象が我が身に起こりはじめました。「時代という名の遠心分離機から、ポーンと外に投げ出されたな」と、宙を舞いながら思いました。なかなかレバーにくるダメージですが、この手の経験はなにも私が初めてではありません。先達も同じ道を通っていったのです。そして、宙を舞った中年女の興味は、新陳代謝の激しい流行から古き良きホニャララへと移行することが多い。

だから私も、いつかは自動的に古き良きホニャララに惹かれると思っていました。少なくとも、私の周りの大人の女はたいていそうだったのですよ。「京都が苦手」なんていう中年女は見たことがありません。私だっていつか小金を持って京都へ行き、帯の一本でも作ってくるのだろうと信じていました。しかし、なかなかその日が訪れない。

時代の遠心分離機から投げ飛ばされた女たちにとって、ご時勢と無縁の伝統文化は深掘り対象にうってつけです。歴史の紐解きに最先端の流行は必要ありませんし、知的好奇心は修学旅行に行ったあの日よりずっと増幅している。流行り廃りを一瞥し、和の心を学び、体得し、嗜むことで己の輪郭をなぞる行為に勤しむようになるのです。一種の自己防衛本能とも言えるでしょう。神社仏閣やら川床やら紅葉やら京料理やら先斗町やら、和の文化に魅せられた女たちは、必ず京都に吸い寄せられていきました。ミッドライフクライシスが忍び寄る中年にとっては精神の杖にもなりうる街、それが京都だと思います。

よそ者が嗜むには財力が必要とされていた点でも、京都は中年の知的欲求と財力の爆心地でした。京都という病を患っていることをカムアウトするのは、知・財ともに豊かであることを知らしめるのと同じ。京都を嗜めるのは、成功した中年の証だったのです。

ところが、ここ10年で京都はどんどんコモディティ化されました。中年の専売特許だった和の文化、たとえば和装や茶道や寺院巡りや伝統芸能が、今では若い人々、特に若い女性の心をもつかんで離しません。若い人は若い人で「可愛い京都」を嗜み、デートの舞台装置として京都をカジュアルに消費する。京都は京都で、新顧客獲得のため1000円でお釣りのくる気の利いたお土産などを作り始めているらしい。金がなければ楽しめなかった京都は未だ健在ですが、消費しやすい京都も同時に台頭してきたというわけです。

従来型の京都がハイエンドなブランドのオートクチュールだとしたら、ヤングの京都は同ブランドのセカンドライン。金のない人間は金閣寺のキーホルダーやペナントや八つ橋や宇治抹茶パフェぐらいしか買えなかった時代とはワケが違う。こうなると、「流行りものに追いつけなくなったから和モノでしょ?」とわざわざ京都まで行ってお茶を点てる着物のご婦人を揶揄することもできません。正しい感性の持ち主ならば、年齢を問わず『倶楽部・京都』に入部できるようになったのですから。

さあ、一億総京都時代の到来です。「歴史ある美しいものを愛でましょう!」と、晴れやかな顔で新幹線に乗り込む女たちをホームの柱の陰からのぞき見ながら、私はギギギと奥歯を噛みしめます。底意地の悪い目線で京都好きを冷笑したくなるのは、もちろんコンプレックスの裏返し。私は京都をうまく飲み込めない自分に、納得がいかないのです。喉のあたりにつっかえた異物に呼吸を妨げられ、上質な大人になれなかった自分に×を付けながら身悶えるしかありません。

知力も忍耐力も財力も、ルーツへの好奇心も乏しいまま。私の舌は、文化的サビ抜きからいつまで経っても脱することができません。京都に興味を持てないままの自分を認めることは、修学旅行のあの日のままの子ども舌を持つ、不気味な大人になってしまった自分の存在を認めるのと同じこと。「正しい感性」なんてものは存在しないとわかっているのに、どうしても手に入らないそれを、じっとり見てしまうもの欲しそうな私。

もしかしたら、還暦あたりで突然京都欲が湧いてくるかもしれません。私はそれをずっと待っています。このままだと精神的岐阜羽島をウロウロしているうちに、棺桶に足を突っ込むことになりそうですけど。その時は是非京都に散骨を……あ、いや、やっぱりいいや。死ぬ間際まで「概念としての京都」をリトマス紙にして、自分の輪郭をうじうじ確かめていそうですから、私。

恋愛なんてさ

　以前、男女間に友情は成立するか否かについて書いたことがあります。因みに、私は「成立しない派」です。

　男友達に親愛の情は感じるけれど、それが女の親友に対する慈しみと同質かと問われれば、私は違うとしか言えません。男の友人に対して薄情なのではありませんよ。私はガツガツしているので、女の親友に対する傾慕と同質のものを異性の友人に持つと、それは漏れなく恋愛感情に変質してしまうのです。男の親友＝恋愛対象。で、めでたく恋愛がスタートすると、なぜかトラブルが発生する。友達のあいだはあんなにうまくいっていたのに、不思議なものです。

　一方で、男女間に友情はどこまでも成立するという女（私と同じ異性愛者で）がいます。そういう輩はどうせヒヨコの雄と雌を仕分けるように「タイプの男」と「そうでない男」をポイポイ選別しているんだろうと思っていたら、「感情の大きな起伏をはらんだ関係性が苦手なの。だから異性ともできるだけ恋愛に発展しないよう注意してるんだってば！」とのたまわれて目からウロコが3枚ぐらい落ちた。ボロボロ落ちるとまではいかなかったけど、なかなか新鮮な話でした。

恋愛初期の感情の起伏なんて超楽しいじゃん！　チャンスがあるなら付き合っちゃえばいいじゃん！　恋愛苦手って、損！　と思って生きてきたのが私でした。でも最近、その考えに変化が起こったのですよ。

さて。私は俗にいう恋愛至上主義者ではありませんが、正直に言うと、恋愛が他の関係性に比べて優位にあると勘違いしていたフシは確かにあります。他者から選ばれると承認欲求は満たされますし、平凡な毎日がバラ色にも灰色にもなる。それって恋愛してる人にしか見えない景色じゃない？　なんて気色の悪い、ありもしない特権めいたなにかを誰にともなく振りかざしていた時期がかなり長かったかもしれません。恋愛ができるか否かは能力のようなもので、私はそれを持っていると思っていたのでしょう。恥ずかしいねぇ。

昭和48年生まれの私が子どもの頃、世の中はいまよりもっと恋愛至上主義でした。恋愛至上主義という考え方は明治の頃からあったようですが、恋愛は至高、恋愛は至福、恋愛こそが人生の楽しみといった空気は、20年前の方がいまよりずっと濃かったように感じます。インターネットもここまで普及していませんでしたし、恋愛というコミュニケーション形態がかなり重要視されていたように思います。

当時の若者、つまり私たちの世代は人数が多かったことも恋愛を特別視した理由のひとつに挙げられます。人数が多い世代は企業から購買者としてターゲットにされるのが世の常なので、私たちの世代にものを買わせるのは企業にとって効率の良いことでした。人にものを買わせるには、まず「それが欲しい」と欲望を喚起させる必要がある。物を売りつける前の欲望喚起に、恋愛というワードは非常に有用でした。

まず、恋愛をしている状態は素晴らしいという刷り込みが様々なメディアを通じて行われます。自然に「恋愛というものを体験してみたい」とあこがれが喚起されます。すると「恋をするならこれが必須」「ここへ行けば出会いがある」から始まり、「デートに行くならココ」「彼氏にプレゼントするならコレ」と商品やサービスが提示されるのです。その恋が成就するまでの過程と、成就してからの日々、どちらでも「うまくやりたいなら金を使え」と私たちは暗に吹き込まれていました。男性側も同じように煽られていました。

いまもその風潮はありますし、ちょっと前までは「モテコーデ」なんて女の方も能動的にモテを金で仕入れるよう煽られていたけれど、私がヤングだったのは「女子会」も「ソフレ」もなかった時代の話です。恋愛ぐらいしか選択肢がなかったのですから、恋愛ブームに乗っかれなかった人にとっては地獄でした。私も十代の頃に彼氏なんていなかったから、恋愛ができない自分を恥ずかしく思ったり、後ろめたく思ったりしました。

いま思えばその分貯金でもしとけばよかったんですが、私はお小遣いで良い匂いのシャンプーなど買っていたような気がする。CMの謳い文句とは裏腹に、そんなことをしても恋はできないのだとは知らずに。

ささてさて、軽く時代のせいにした後に、なぜ私が「恋愛は至高！」と海原雄山よろしく思わなくなったのかをご説明いたしましょう。それは意外にも、友人との何気ない会話が発端でした。

ある日、お茶をしていた女友達が納得のいかない顔で話を始めました。仲が良いと思っていた女性に「あなたは意図的に私を仲間外れにしている。馬鹿にしないで！」とブチ切れられたと言うのです。40歳を過ぎて「仲間外れ」とは、穏やかではありません。よくよく聞いてみると、その女性は自分が紹介した人（女）と私の女友達が二人で会ったことを責めているのだとか。「ハァ？」と思わず声が出ました。「でしょう？」と彼女が同意を求めます。登場人物は全員女。みんな異性愛者です。

「大丈夫なの？　その人」と尋ねる私。「ねー、なんか嫉妬させようとしたりもするし、かと思ったら突然甘えてきたり、彼女かっつーの」と笑う彼女。「あー、昔いたなーそういうの。大人になってもまだいるんだね」と返す私。この話題はそこで終わりましたが、しばらく経っても、なにかが私の心に引っかかったままでした。

「彼女かっつーの」

気になったのは、この言葉です。よく言いますよね。「彼氏かっつーの」とかね。友達付き合いにまで恋愛のルールを適応してくる輩。それは独占欲や、突き詰めていけば束縛、執着、はたまた自分の価値が高いことを喧伝し崇拝させようとする行動、理不尽な甘え。恋愛ではアリとされているそれらの行為は、他の人間関係に適応されると拒絶される。当たり前だよ、彼氏でも彼女でもないなら。

あれ？　じゃあなんで「彼氏彼女なら、それをやってもＯＫ」なんだろうか。

恋愛、それ自体は素晴らしいものだと思います。人を好きになり、相手からも同じように慕われるなんて最高！　だけど、度が過ぎると友情や家族愛では感じられぬ「私たちは特別」なんて意識が暴走し、結果的に、不安や期待に振り回され相手のことも自分のことも見失う。

私は過去の恋愛を振り返りました。まず、誰かを好きになる。相手を理解し、信頼し、尊重したいと思う心に嘘はありません。そのままならよいのですが、やがてひとつめの変化が訪れます。相手を理解し、信頼し、尊重したいと始まった片思いの恋心は、しばらくすると「私も相手から同じように好かれたい」という欲を生みます。すでにこの時点で、私は相手をコントロールしたいと思い始めているのです。

縁あってお付き合いをスタートさせたとして、もっと好かれようと我慢をし（この手の我慢も実は相手をコントロールしようとしているのと同じ！）、私はこれだけ好きなのだからと勝手な期待を高め、相手が他に割く時間を恨んで間違った独占欲を発揮し、「私のことが好きならこれぐらいできるでしょう?」と、甘える素振りで相手を試しました。その頃には、最初に存在した理解や尊重や信頼はグッと後ろに押しやられていました。こっちがどんなに頑張っても、残念なことに相手は「そんなん知らんがな」なことが多い。先方は、無理してまで自分に合わせて欲しいとは思っていないわけです。同様に、無理してまで相手に合わせようとも思ってない。ですから、私の期待に応えられないことも多々出てくるでしょう。すると今度は私が勝手にショックを受ける。その衝撃で私の我慢や期待の実は弾け飛び、執着という名の種が一面に飛び散ります。執着の種は涙を雨に、恨みがましい気持ちを養分にグングンとその芽を伸ばし、いつの間にか

現実が自己都合でエディットした想定を超えた時に生まれるのが執着です。

「好き」の量も質も凌駕してしまう。

相手を思い通りにコントロールしようと躍起になり、期待から外れた行動を責めるようになる。それは好きでも何でもない、ただの執着なのではないでしょうか。

彼氏や彼女の間柄なら、それが許される理由は私には見当たりません。ってことは、「彼女かよ」「彼氏かよ」と揶揄される過干渉や立ち振る舞いは、やっぱり彼氏と彼女のあいだでも不適切なんだと思います。ロクでもねぇよ、恋愛感情ってやつは。

いや、めちゃめちゃ楽しいんですけどね、恋愛。だけど、なぜ楽しいかといったら、

やはり普通ではない状態を味わえるのが大きな理由のひとつ。自分と相手が1対1の強い強い絆で結ばれて、唯一無二の存在に思えてくる。

相手が自分にとって唯一無二の存在であるとき、私は自分も相手にとってそうだと思いがちです。その質量がピッタリ同じなら問題ないのですが、どちらかが唯一無二の純度をどんどん高める欲望に駆られ、相手を置き去りにして物語を組み立て始めると、おかしなことが起こりがちになる。というか、たとえ唯一無二の存在だったとしても、人生は唯一無二の存在だけでは回らない。

だから恋愛体質なんてさ、別にえらくもなんともないと思うのですよ。恋それ自体は至高でも究極でもないよ。恋愛至上主義って、それイカレポンチのカムアウトですよ。恋を奇跡と高みに置いたり、それができることで優越を感じたり、できなくなることを恐れたりするもんじゃない。同時に、それができないからと自分を卑下して特異性を演出するものでもない。「恋愛してると、自分が自分じゃなくなっちゃうのよね」とバーのカウンターでうっとり鼻から煙を出すもんでもない。

敢えて言うなら、恋愛初期は見失うものも多く、その他の関係性よりあやういと言っても過言ではない。いや、楽しいけど。楽しいけど優れているわけではないのだよ。なのに、私はしばらく恋愛を至高の行為のひとつだと思っていたんですから、馬鹿丸出しですよ。

恋愛でさえそうなら、友人、仕事、親子などすべての人間関係に恋愛の手法を用いるのがどれほどヤバいか想像に難くないでしょう。その手法でしか人間関係を築けないと、信頼も尊重も失って最後は誰からも相手にされなくなる。もっと好かれて優位に立とうと自分を良く見せたり、見当違いの我慢を勝手にして、それを恩に着せたりする友達も家族も同僚も、想像するだけでギョッとします。ならば、恋愛関係でもギョッとなって然るべきです。

どんな関係にせよ、突っ走る初期衝動だけで人をそばに置こうとしても、そう長くは続かない。理解も尊重も信頼もしない方法でしか人間関係を紡げないならば、相手をとっかえひっかえやるしかない。それは精神的に不安定な時期が続くのと同義です。「あなたのことは大好きだけど、執着はそれほどない」という健全な相手を、じゃんじゃんクビにしていかなければならないのですから。

好き過ぎるからトラブルが起きるですって？　んー、どうかな。好きという気持ちは、トラブルの原因になる執着心と必ずしもセットではないと思うのです。だから、相手が思い通りにならないことを好きの質量の問題にすり替えるのはいかがかと思います。

話をグッと冒頭に戻します。男女間に友情が成立する人、存在して当然でした。むしろゆっくり築き上げた信頼や親密をうっちゃって、大切な関係をイカレポンチ状態に昇華させようと躍起になり、独占欲や勝手な期待や我慢や奉仕まみれにしていた今までの私がヤバかった。だってそれって、末永く理解し尊重し合える可能性を持つ相手を「純粋に好き」なんて言葉で支配しようとしたり、裁こうとしたり、善悪を決めようとするフェイズに引きずり込もうとしていたんですから。もう全部が全部格好悪いことでした。

以前、まったく別の道筋から「大切な女友達にしないことは、恋人にもしない」という持論にたどり着いていたのだけれど、今回は「なぜ恋人にはよろしくないことをしてしまうのか」の理由が見つかったような気がします。

恋愛。最初はある程度仕方がないが、できるだけ相手を尊重し、勝手な物語をひとりで紡がない親愛関係に育てていくフェイズに移行するのがスマートなんだろう。日常の景色がいつもと違って見えるなんて、やっぱり通常の自分ではないんだから。

「だからぁ〜、その普通じゃない自分がむき出しになるのが楽しいんじゃない」と、バーのカウンターでグラス片手に髪を掻き上げるそこのあなた！　そう、そのフェイズが楽しいことは間違いない。しかし、その間にもっと大切なことがないがしろにされている可能性があると、大人なら知っておくべきではないだろうか。

惚れた腫れたを歌ったり、愛憎を昇華させて人の心を動かす演者の商売でもしていない限り、燃え上がる身勝手な感情よりも優先した方が身のためになることがあると思うのですよ。普通の生活を営みたいと思うならば。あー気を付けよ。明日は我が身だよ。

5、6、7、8、はい、今日も頑張りましょう！

仕事で凹んだ時、もうひと踏ん張りしなければならない時、私には自分を鼓舞するBGMがあります。ひとつはロッキーのテーマ。もうひとつは映画『コーラスライン』の「I Hope I Get It」（作詞：Edward Kleban、作曲：Marvin Hamlisch）です。ロッキーのテーマは仕事以外にも効くけれど、「I Hope I Get It」は仕事にやり込められているときに最大の効果を発揮します。「アゲイン！　ステップ！　プッシュ！　ステップ！　ステップ！　タッチ！　キック！　アゲイン！」と、ピアノのリズムに合わせた台詞を聞くだけで私の胸はドクドクと音を立て、背筋がギュンと伸びてくる。曲を聞けば、4小節ごとに映画のシーンが頭の中によみがえる。ここでターン！　ここでバレエステップ！　iTunes の再生回数は342回。おいおい、いままでずいぶん踏ん張ってきたんだなぁ。

1985年に公開された映画『コーラスライン』は、映画に疎い私が複数回観たことがある数少ない映画です。役名のないコーラスラインのオーディションを受ける脇役ダンサーたちを描いた、1975年初演のブロードウェイミュージカルの映画化です。

映画好きだった母は、ひとり娘の私をいろいろな映画館へ連れて行きました。行き先はたいていピカデリーやシネパトス、銀座文化劇場（のちのシネスイッチ）など銀座の映画館。『コーラスライン』もそうやって観た映画のひとつ。私は12歳でした。同級生の友達親子も同行し、その日は映画より友達と会えることの方が楽しみだったのを覚えています。

映画館では、コーラやジンジャーエールを買ってもらえるのがなによりの喜びでした。オレンジと白のストライプの紙コップを片手に、ボルドーのビロードめいた椅子に体を沈めます。しばらくすると場内が暗くなり、いくつかの劇場公開予告篇がスクリーンに流れてくる。その本数は、いまよりずっと少なかったように思います。

スクリーン両脇のカーテンが開き画面が広くなったら、それが本編開始の合図。空撮のマンハッタンに軽快なピアノの音。街の雑踏。たくさんのダンサーたち。どこかへ急ぐ綺麗な女の人。『コーラスライン』はそんな風に始まりました。レオタード姿の男女が、劇場らしきところに大勢集まっています。そしてファイブ、シックス、セブン、エイトの掛け声とともに、舞台へ駆け寄ったダンサーたちの群舞。私の血液が一瞬で沸騰しました。なんだなんだ、これは。

ダンサーたちの「私を見て！」という熱がスクリーンから溢れ、強力な磁石のように私を惹きつけます。体が前につんのめりました。楽しみにしていた炭酸飲料は口をつけられることなく、どんどん気が抜けていきました。

圧巻の群舞のあと、「I Hope I Get It」の歌パートが静かなピアノとともに始まります。100%を出し切って踊ったかのように見えて、実は不安でいっぱいだと歌うダンサーたち。「やった！　受かった！」「ダメだ、失敗した」「私のダンスなんて嫌われているに決まっている」「いいえ、審査員は前から私のことを気に入っているはず」「いったい何人合格するの？」胸の内の乱高下が赤裸々に語られます。

12歳の私は、マンハッタンもブロードウェイもミュージカルも知らなかったと思います。名前すら与えられない役を獲得するのに、こんなに熾烈なオーディションがあることも。自分のことを「非白人」とおどけるアジア人のコニー。もうすぐ30歳になることを自嘲するシーラは、ほかのダンサーよりずっと地味な深いグレーのレオタードを着ています。スタイルの良いピンクのレオタードを着た金髪のヴァルは「オッパイがないから豊胸手術をした。ダンスが満点でも、ルックスが3点だとダメなのよ」と自信満々。つまり、白人でないこと、若くないこと、胸が小さいことはこの国のショウビジネスでは不利なのです。

あがり症でいまにも消えてしまいそうなクリスティン、演劇学校での指導が合わず不感症呼ばわりされたディアナ、一筋縄ではいかない家庭環境で育ちながらもバレエだけが生きる支えだったマギーやビビたち。完璧ではない、おいそれとは人生の主人公にはなれない女の大集合です。

何度も観た映画なので、小学生の私が一度にどこまで理解したかは覚えていません。ただ、欲しいものを手に入れるため必死になる、持たざる者たちの存在をこの日初めて知ったことは強く覚えています。この場合の「持たざる」とはもちろん、容姿や年齢やエスニシティが、求められているポジションに最適とは判断されづらいという意味で。獲得の可能性が低いものを、堂々と欲してもよいと教えてくれたのもこの映画でした。のちに、人はそれを夢と呼ぶことを知りました。簡単には叶わぬことの総称として。

「I Hope I Get It」の歌詞に「I really need this job（この『仕事』が欲しい）」というラインがあります。舞台のオーディションなんて一般人には関係のない特別な世界の出来事だと思っていたので、役をもらうことを「仕事を得る」という言葉で表すことに驚きました。だって、簡単には手に入らないことを夢と呼ぶのでしょう？　仕事は生きていくために必要な現実で、むしろ夢とは相性の悪いものでしょう？

しかし、彼らは切実に「この仕事が必要だ！」と歌います。そうか、夢は仕事になるのか。私は気付きました。夢は彼らにとって、非現実でもなんでもないのです。身の丈に合わなくても、心の底から欲してＯＫ。心の底から欲するものを、叶わぬことが前提の「夢」なんて言葉で表さず、超現実的な「働いた分だけお金が支払われる仕事」と捉えてOK。働き始めてからの方が、この曲をより身近に感じるようになりました。歌詞が「I really need to make my dreams come true（夢を叶えなければ）」だったら、のちのちの私を支えることはなかったでしょう。

『コーラスライン』には、実にさまざまな告白がちりばめられています。初体験の驚きや同性愛のカムアウト、小学生の私にはどれも衝撃的でした。おかげでマイケル・ダグラス演じる演出家のザックと元恋人のキャシーの心の機微なんてまったく記憶に残りませんでした。いま観返すと、ザックは怒ってばかりの身勝手な男でしかありません。でも怒ってばかりの身勝手な男に気に入られなければ、欲しいものは手に入らないのがオーディションを受けるダンサーたちのリアリティ。

本編開始から2時間後、映画は金色の衣装に身を包んだダンサーたち、すなわちコーラスラインで大団円を迎えます。私はいつになく興奮していました。小腹を空かせた母親たちは映画館のロビーでくるくる踊り歌う友達と私を連れ、銀座のちょっと良い中華料理屋に足を運びました。

中華そばを頼んだ友達と私がトイレに行くと、そこは壁一面が鏡張りでした。そう、まるでさっき観た映画のように。興奮は再度沸点に達し、ここがトイレだということも忘れ、友達も私も歌い踊りました。ファイブ、シックス、セブン、エイト！

気付いた時には、私の体は地面と水平に浮いていました。お出かけ用のタイトスカートが、右足を大きく振り上げた際に左足も右側に持っていってしまったのです。両足は宙に浮き、私はそのままトイレの大理石の床にビターンと体を打ち付けました。しかも友達を巻き添えにして。あの時の恥ずかしさと痛さは、未だに忘れられません。

あれから30年も経ったなんて信じられないけれど、「I Hope I Get It」は、いまだに私をしっかり支えてくれます。いまの身の丈に合わなくても、かなりの難関でも、何歳になっても、叶わぬ夢だなんて諦め半分で思わなくて大丈夫。それを仕事にしたいのなら、トライするのは無料。もちろんリスクは存在します。失敗したら？　いま持っているものを手放すことになったら？　環境の変化は人生を思わぬ方向に導くので、そのあたりは慎重に。けれど、自分には無理、その価値はないなんてハナから思うのは馬鹿らしいと『コーラスライン』は教えてくれます。

あとね、同じ仕事を狙う有能な競合者がたくさんいることも教えてくれるんですよ。現実の日常生活では、それが可視化されることってほとんどないですからね。その仕事が欲しいなら、ガチで踊らないとヤバいなということも、『コーラスライン』は教えてくれます。お、また観返したくなってきたぞ。

トップ・オブ・ザ・女子

いくつになっても女には女子魂が宿っていると思います。それを語る時に、忘れてはいけないことがひとつある。全員とは言わないが、私を含む一定数の女は愛情表現が大好きで、故に他者からの愛情にも過敏だということ。

愛情を表現するために、物品を媒介にコミュニケーションを取ることもあります。たとえば女子会と呼ばれる集いでは、親愛の証として小さな手土産が交換される場面が多い。ハンドクリームとか、バスソルトとか、ちょっとしたお菓子とか。誰の誕生日でもクリスマスでもないのに、みんなで小さなプレゼント交換をするのです。

時にお節介と疎まれるおばさん根性も、彼氏に迷惑な顔をされる世話焼きも、ベースは愛情。とにかく愛情をなんらかの形で表現しないと気が済まない。なんでもかんでもかわいいで表現すると揶揄されがちな女子ですが、それも対象への愛情がほとばしるからです。モノやペットを擬人化して「この子」って言ったりとかね。あれちょっと気持ち悪いね。いや、個人の感想ですけれども。

愛情と女子は、切っても切り離せない関係にあります。そこに明確な性差はないかもしれませんが、男性の場合には、地位や名誉といった社会的承認がこれに代わる場面が散見されます。パーソナルな愛情よりも、パブリックな称号が己の居場所を担保するのです。

女子が醸造する無限の愛情には、誰かから注がれる大きな愛情が不可欠です。簡単に言えば、「かわいい」と言った分だけ「かわいい」と言われたい。「愛してる」と言った分だけ、「愛してる」と言われたい。私だけが特別だと、誰かに認められたい。敬意や格よりも愛情をベースにした特別感を重要視するのは、女子ならではだと思います。その愛情は一対一のものであったり、顔の見えない他者から注がれるものであったりさまざまです。

女子は注がれる愛情で自分が形作られることに敏感なのです。そしてやっかいなことに、自分より上から注がれる愛情の方が高価値であるという幻想に囚われがちでもあります。

大きな大きな女子魂の持ち主と私が感じるひとりに、華原朋美がいます。敬称略ですみません。通称「朋ちゃん」です。三十代以上のみなさんならご存じのとおり、90年代のなかばに小室哲哉プロデュースで一世を風靡し、近年また不死鳥の如く復活したシンガー。彼女のことをイタいと口さがなく言う人もいるし、事実痛々しい時期もありました。けれど、40歳を過ぎても無防備な笑顔を振りまく彼女のなかに、私は痛さよりも愛に溢れた女子をまっとうする潔さを感じます。

厳密に言えば、私は彼女のファンではありません。デビュー当時は冷めた目で見ていました。しかし、気付けばその後の彼女を熱い視線で追っています。芸能事情通ではないので、本当のところは知りません。あくまで世の中に流れている情報から、私が勝手に組み立てた幻想なのかもしれません。しかし、朋ちゃん物語には私の胸を強く衝くなにかがあるのです。

90年代半ば、私はレコード会社で働いていました。ミリオンセラーが続出し、CDがバンバン売れていた時代です。そんな折、華原朋美が華々しくデビューします。あこがれと同時に、強い嫉妬が世間に渦巻きました。

敏腕プロデューサーに見出され、すべてをお膳立てされ、最高の流行歌を最高の舞台で歌う朋ちゃん。どんなに背伸びをしても財布（限界まで頑張って、バッグ）ぐらいしか手が届かなかったブランドＧＵＣＣＩの、10万円以上するワンピースをなんてことない顔して着ている朋ちゃん。歌番組で大物司会者にも臆さず、自由に振る舞う朋ちゃん。しかも彼女を見出した敏腕プロデューサーは、彼女の恋人。高みから注がれるたくさんの愛情を一身に受け光輝く彼女は、その愛情を歌声にのせ、まっすぐに放出しました。恋人に、そして世間に。

本来ならば目には見えない愛情という波動を、フルスケールで可視化した状態が華原朋美でした。「ズルい」という聞こえぬ声と、だからこそ目が離せない執着と、純粋な憧憬《しょうけい》。たいして歌もうまくない（ように聞こえる）彼女に、なんでこんな贅沢が許されるのか？　だって彼女は朋ちゃんだから。ぐうの音もでませんでした。

華原朋美は平成のシンデレラと言われていました。そして『シンデレラ』というおとぎ話は、好むと好まざるとにかかわらず、女子の幸せの象徴です。心のどこかに引っかかる、夢のようなハッピーエンド。私だってああなりたい。朋ちゃんを見て、そんな言葉をグッと飲み込んだ女子も少なくはなかったはずです。だってその言葉を発したら、どんなに待ってもその日が訪れそうにない自分自身に気が付いてしまうから。

ほどなくして、彼女のそれまでが漏れ伝わってきます。芸能界にあこがれ、親の反対を押し切って活動し、芸名を変え、水着になったこともある。

ほうら、やっぱりなにかあると思った。世間はゴシップに溜飲を下げます。しかし彼女は、そんなことを気にも留めず愛を歌い続ける。彼女の圧倒的な存在感（それは心もとなさとも同義だった）が、シーンを席巻していきました。技術的にはいくらでも修正可能だけれど、敢えて不安定なまま録音された歌声は、刹那な時代にとてもよく似合っていました。

不安定な歌声、それこそがプロデュースの賜だと気付かれぬまま、彼女が街に溢れます。ビルボード、雑誌、テレビCM、歌番組、ラジオ。そのどこでも、華原朋美は、恋人と世間に愛され続けると信じて疑わない顔をしていました。

恋人の存在を公言する彼女のファンは、女性がメインだったと思います。自分より財力も権力もある年上の男性に寵愛される女子を、好んで応援する男性が多くないのは自明です。すべてを手にした男性に愛され、そのバックアップで世に出る。そして世間に愛される。彼女に努力は不似合いでした。同時代の安室奈美恵や、のちの浜崎あゆみと比べても、彼女の「ただ、そこにいるだけで愛される」状態は特殊だったと思います。いまで言う「ありのーままでー」の最上級、それが朋ちゃんでした。

シンデレラは、灰をかぶっていてもその輝きを権力者に見出されることに意義があります。セルフケアを怠らない女が身の丈にあった男を捕まえたって、センセーショナルなニュースにはなりません。

自分が自分であること、それだけに高い値がつく。無条件に愛される。玉の輿なんて言葉が昔からあるように、女子にはそれが幸せとされてきました。自分の努力でなにかを勝ち得るより、ずっと価値が高いと。

トップ・オブ・ザ・幸せな女子。朋ちゃんは、女子の都合のいい願望が、最高の状態で叶えられた存在でした。当時、そんな彼女に数々の賞が与えられました。シングル、アルバムが歴代女性アーティストのなにがしかの記録を塗り替えました。「女子たるもの、愛されるに限る」という、認めるには苦しすぎる定説を数字が肯定していきました。ミレニアムまであと数年という年に、状況が一変します。努力と躍動と自立の象徴だった安室ちゃんがあっさり結婚する一方で、「愛され朋ちゃん」に破局が訪れました。パックス・ロマーナは約3年で終焉を迎えたのです。恋人と世間からの愛情のオーバードーズを失った彼女の身に、その後なにが起こったかをここに記すつもりはありません。

私が忘れられないのは、復帰を試みた彼女が馬に乗って記者会見に現れた日の映像です。過去に彼女が全身から発散していた光には、やはり他者から注がれる愛情が不可欠だった。そう思わずにはいられない姿でした。人ひとりが壊れていく姿を、メディアがつぶさに伝えました。嫉妬と羨望が渦巻くシンデレラストーリーが、残酷ショーになりました。シンデレラは、王子様がいなくては輝けない。これまた認めるには苦しい真理が、女子に突き付けられたのです。

愛情は、誰かから注がれてはじめて、他者に注げるようになる。女子の愛情は、他者と交換することで限りなく増幅していく。愛し愛され放出される愛情は、なによりも眩しい。皮肉にも、輝きを失った朋ちゃんが身をもって教えてくれたことです。彼女が立ち直るのに、長い時間が必要なのは当然でした。というか、立ち直れると私は思っていなかった。

時を経て、華原朋美が帰ってきました。もう無理だと誰もが思い、彼女に関する記憶が薄れた頃に。

私は息をのみました。その歌声は全盛期より伸びやかで、笑顔は自信を湛えていました。そもそも、二十代前半でさえ無理して歌っていたキーを四十路の女が歌うなんて、ずっと現役だったとしても難しいこと。病に倒れ、第一線から遠ざかっていた人がそれを叶えるなんて奇跡です。２０００年代初頭にちょろっと復活した歌声を一度だけ聞いたことがあるけれど、それはそれは散々なものでした。彼女になにが起こったのでしょうか？

ニュー朋ちゃんが手に入れた伸びやかな歌声は、努力の証です。深い深い沼の底をついたことがある者だけが体得できる、覚悟としなやかさがありました。しかしその横顔に、苦労の影はありません。なぜこんなことが可能なのか？　そこには家族の愛があり、彼女自身の歌に対する情熱があったのだと思います。

「歌が好きだから、歌いたい」、無限に注がれていた愛情のタンクが空っぽになった時、底に残っていたのはそんなシンプルな想いだったのかもしれません。情熱がここまで人を衝き動かすのかと、私は感極まりました。彼女の代表曲「I'm proud」が、それまでとは違う自立の歌に聞こえました。

王子様に見出され、女子の夢を叶えたトップ・オブ・ザ・女子が、自分の人生を自分の手に取り戻す。彼女は他者の目に映る自分ではなく、鏡の中の自分自身を愛する方法を体得したように見えました。テレビからダダ漏れてくる彼女の愛情からは、脆さや儚さより揺るぎなさを感じました。朋ちゃんは、歌うことで朋ちゃん自身に愛情を注いでいる。

ではニュー朋ちゃんが大人の魅力に溢れた女なのかと言えば、相変わらずのキティ愛をツイッターでつぶやいたりして、なんだか拍子抜けするほど彼女は女子のままです。苦難を乗り越えてきたと高みから悟ったモノ言いをすることもなく（私が朋ちゃんだったら絶対にやっている!!）、彼女はただただ愛に溢れている。なんてまっとうな女子なんだ！　私は再び感極まらずにはいられません。朋ちゃん、I'm proud of you だよ。

最高の日曜日

日曜日午前11時半。待ちに待った至福の時間。私はパジャマ代わりの二軍落ちしたTシャツと短パン姿のまま、布団の中でまるくなっています。正直な話、朝活とか夕活なんて新しい言葉で、これ以上私の生活を煽らないでほしい。私たちは皆、とかく忙しいんだから。

まぁ、忙しいからこそ平日の朝や夜や休日を有効利用せよということなんだろうけど、それじゃあいったいいつダラダラするの？　周回遅れだろうがなんだろうが、言ってやりますよ。いまでしょ！！！

日曜日はのんびり一日を始めたい。どれくらいのんびりかと申しますと、午前中はほぼヒャクパー、布団の中です。たとえ夕方「あー！　休みなのになんにもしなかった！」と大きく後悔することになろうとも、罪悪感に苛まれるまで寝床に居座るのが流儀。だって、休みだもの。

そりゃあ8時に起きて洗濯物をすべて片付け、床の拭き掃除なんかもしちゃって、ストレッチのあと自家製スムージーを飲んだら自分のことをもっと好きになれると思います。午後3時にはやるべきことがすべて終わっているような休日は、有意義なことこの上ない。そんなのわかってる。しかし、自分のことをあやうく嫌いになりそうになる日も必要なんですよ、たまには。

誰にともなく言い訳をしながら、私はベッドの上でスマホをいじり始めます。フェイスブックには朝から山登りにいそしむ友人の笑顔。おお、山は美しい。ブー。ここで私はおならをします。有意義に午前中を使っている友人知人への抗議でもやっかみでもなく、自然現象として。

昼の12時。グループLINEに目を通します。子どものいる友人は、本日二度目の食事にありついているではないか。しかも午前中から外出してる。みんな偉いなぁ〜と、大きなため息を吐きます。私はと言えば、まだ寝室の遮光カーテンさえ開けていません。下手したらこのまま西日を拝まず夜になってしまいそう。

午後1時。のっそり起きる。寝過ぎて腰が痛い。お腹も減っているけれど、なにか作る気力もない。とりあえず、その辺にあった無印良品のスティック干しいもを口に放り込む。エリカ・アンギャルが見たら卒倒するだろうな。テレビをつけます。「やって！TRY」はいつだって、若いお嬢さんを小馬鹿にするような企画ばかりやっている。プンスカ腹を立て、2リットルのペットボトルに直接口をつけて水を飲む。ゴボゴボと不敵な音が部屋に響く。

午後2時。そろそろお風呂に入ろうか……と思いながら、スティック干しいも片手にベッドへ戻り、ドスーンと前に倒れこむ。私以外の他人がベッドの上でなにかを食べたら激怒するけれど、私はいいのです。なぜならここは私の城だから。Tシャツの端っこで指を拭きツイッターのタイムラインを辿ります。今日も代々木公園ではどこかしらの国のフェスが開催されているようです。いつの間にか寝落ちする。タイフェスでパクチーのいっぱい入ったカレーを食べる夢を見る。

午後3時。ムクリ。そろそろ本格的に起きましょう。風呂を沸かし、平日はもったいなくて使えないバスソルトを景気よくドバドバ入れる。女同士の集まりで、ちょこちょこ交換されるプレゼント1位といえばバスグッズ。人から貰ったそれらは溜まる一方だから、こういう時にもったいぶらずに使うのが良い。

午後3時半。ジップロックにスマホを入れ、ペットボトルとともに風呂へ持ち込む。湯に浸かりながら無課金ゲームをやる。私には助けなければならないパンダがいるのです（そういうゲーム）。全身の毛穴から汗が噴き出してくる。最初は汚れた汗。今週飲み込んだ嫌なことが、毛穴から全部出ていくみたいで気分が良い。それからサラサラした気持ちのいい汗。体の中が循環しているのを感じる。なにが循環しているかって？　そんなの知らんがな。

念入りに髪を洗い、トリートメントをする。流すまでの間に踵《かかと》をゴリゴリ削る。クレイパックで顔面の余分な古い角質も落としてしまおう。ガサガサしていた鼻の頭がツルツルして気持ちがいい。あ、もう風呂場に1時間半もいるではありませんか。フフフ。訳もなく楽しい気分に包まれる。なにか善行を積んだ気にすらなってしまう。だから、浴室の隅の小さなカビには目をつぶっても良しとする。

新しいバスタオルで全身を拭いて、気が向いたらマリアージュフレールの紅茶をいれましょう。パナマは癖があって好みが分かれるけれど、私は好きです。濃い目に出した紅茶に氷を入れる。美味しいったらありゃしない。ここでだいたい5時。部屋が汚いことに気付く。また、目をつぶる。

さあ、なにをしようかな。マッサージに行くか、喫茶店に行くか。大きなあくびと伸びをする。喫茶店に行こう。美味しいコーヒーを飲もう。夕方5時からじゃ、意識低いけど。長らく読みかけのままリビングで埃をかぶっていた文庫本を、小さなトートバッグに忍ばせる。化粧もせず自転車にまたがり喫茶店へ。夕方の向かい風がシャツの中に滑り込み、湿った肌を乾かしていく。

午後5時15分。喫茶店二階席のベランダでラテを飲みながら文庫本のページを繰る。至福。これこそ休日。読書なんてガラじゃないのに、日曜の夕方にそれをやると贅沢な気分になれる。お、友人からごはんの誘い。ちょっと考えて、断る。今日は徹底的にダラダラしたいのだ。

夜8時。気力があったら自炊する。なければ出来合いのものを買って帰る。アイスクリームも忘れずにカゴへ入れる。家では馬鹿馬鹿しいテレビを見ながら、笑う。申し訳程度に部屋のゴミを拾い、やはり日のあるうちに掃除だけはしておけばよかったなと後悔する。

誰とも何もシェアしない、私の最高の日曜日。インスタグラムにもフェイスブックにも載せるものがまるでない、低め安定の休日。平日の頑張りはこれありきですよ。ダラダラするのに高尚な理由も言い訳も、そこから得られる特別な気付きも、なーんにもいらない。ただ、ダラダラする。それでいいのだ。

宝塚を観に行った

2015年、夏前のこと。『マッドマックス～怒りのデス・ロード～』が公開され、私の周囲（SNSも含む）は大騒ぎになりました。

マッドマックス！　荒廃した未来を舞台に繰り広げられる、○○映画！

この○○にどんな言葉を当てはめるか、人々の意見は千差万別でした。「痛快アクション」をはめる人、「フェミニズム」をはめる人、「性別にかかわらず弱者の尊厳を回復する」「寓話的」「神話的」「暴力的」などなどなど。語り部たちは持論を展開しあい、一度ならず二度三度と映画館に足を運ぶ。こんなに熱く語られ、愛される映画も近年なかったように思います。あ、スター・ウォーズを除いて。

私も急いで時流に乗っかろうとしたら、衝撃的な映像のスピードについてゆけぬままホウホウのテイで映画館をあとにすることになりました。三半規管の弱さが災いしたのでしょう。それでも、なぜ人がこの映画を語りたがるのかは少し汲み取れました。上質なエンターテインメントは、誰が味わっても「これは私のことだ！」と思わせる魅力を持っています。解釈の数が多いのは、我がこととして捉えた人がたくさんいる証左にほかなりません。『マッドマックス～怒りのデス・ロード～』はそういう映画なのだと感じることができました。

それからしばらくして、ある友人から「宝塚を観に行かない？」と誘われました。この友人は私と同い年なのに「加山雄三のディナーショウに行こう！」と誘ってきたり、そうかと思えば「谷村新司のライブを観に大阪まで行ってきた！」と連絡がきたり、私とは異なる趣味嗜好の持ち主です。宝塚に興味はなかったけれど、今までの彼女からのお誘いのなかでは最も行きやすそうなのが宝塚だったので、今回はご一緒させていただくことにしました。

東京に生まれ育って43年、日比谷なんて小学生の頃から100万回通ったし、東京宝塚劇場の場所も知っている。けれど、私は宝塚の舞台を観たことが一度もありませんでした。「宝塚音楽学校に入学しました」と袴を着た中学時代の同級生から年賀状が来た時も、観に行こうとは思わなかった。だってなんかほら、宝塚って特殊な感じがするではないですか。演者は全員女、びっくりするほど濃い舞台化粧、演目もベタな恋愛がベースっぽいし、ちょっと……ねぇ。

8月の暑い夜、誘ってくれた友人と劇場の前で待ち合わせると、そこには既にたくさんのお客さんがいました。正直、濃ゆいなと思いました。演者の名前が書いてある紙を胸元に掲げる女性や、そこにお手紙らしきものを持っていく女性。そうそう、こういう明文化されぬルールみたいなものも、ちょっと苦手なんだった。楽しめるといいな、と不安を感じました。

チケットをもぎりの女性に渡し、劇場に足を一歩踏み入れます。瞬間、空気が一変しました。目の前に現れたのは、静かに燃える赤じゅうたんが敷かれた大きな大きな階段。なめらかなゴールドの手すりは、中段の踊り場からエレガントな曲線を描いて左右に分かれ二階に伸びてゆく。頭上には花をモチーフにしたと思われる繊細かつ大胆で豪華なシャンデリア。迫りくる輝きに圧倒される私の耳に響くＢＧＭは、グランドピアノの自動演奏。

「ようこそ、男のいない世界へ」

そんな風に言われたように感じました。いや、実際には男性スタッフも男性客も少しはいるんですけどね。私がそう迎え入れられているように感じたのは女性が多勢だったからでしょうか？　うーん、わからん。

お姫様が下りてくるにふさわしい階段を眺めながら不思議な気持ちになりました。なんだろう？　普段は洋服屋でも「女」の記号をあてがわれると押しつけがましく感じるのに、まったくそんな気分になりません。ここは、気負わず女になれる場所なのかもしれない。そう思いました。

現実社会ですと、女の烙印を押された途端にできないとされることや、してはいけないとされることが増えるように感じます。女でいることにいくつも予防線を張らなきゃいけないような気分。その手の面倒なことが、ここでは無用だなと感じたのです。「わ〜！　素敵！」と言っても、誰にも笑われない世界。ズルズル音を立ててスパゲティを食べる人や、カーッペッと道路に痰を吐く人が入りこむ余地のない空間。劇場のロビーでは既婚者らしき女性や母娘で観劇にきている二人組を多く見かけました。そう言えば、私を誘ってくれた友人も既婚者です。

開演まで少し時間があったので、友人から劇の構成などを説明してもらいます。30分の休憩を含めて3時間の長丁場だと、この時初めて知りました。音楽は生演奏で、オーケストラと観客席のあいだにある細長い道を銀橋と呼ぶことなど。なにもかも、知らないことばかりでした。「オペラグラスを借りた方がいいわよ」と友人が言うので借りに行くと、保証料で5000円取られました。

席に戻り、開演まであと数分。緞帳《どんちょう》が下がったままの舞台を見ながら友人が口を開きます。

「こないだね、ママ友を連れてきたの。その人も宝塚には全然興味がなくて、なんだか怖いとか茶化していたんだけど……。一幕が終わったあと号泣しながら彼女はこう言ったの。『もう、旦那のいる家に帰りたくない！』って」

フーン。その時は、意味がよくわかりませんでした。

演目は、ヴェルディ作曲のオペラ「アイーダ」をベースにした作品。エジプトの秀でた若武将と、囚われの身ながら毅然としたエチオピア王女の悲哀が戦争を通して描かれていました。とにかく衣装もメイクも演技も歌も派手、派手、派手！　目だけでなく、五感のすべてがチカチカします。

声援を送るのはご法度のようで、応援は拍手で伝えるのが流儀のよう。そういう一部始終はなかなか特殊で、私がこの劇場の外にいるときに聞いていた「宝塚ってこういうもの」という噂との答え合わせでしばしの時間が過ぎていきます。

物語が進むにつれ、私の五感もこのフォーマットに慣れてきました。展開は限りなくベタですが、非常に丁寧です。きちんとこちらの感情を右に左に誘導してくれる筋書きに感心しているうちに、大仰ななにもかもに対しての抵抗が少しずつ薄れていきました。煌《きら》びやかな衣装、一糸の乱れもない群舞、考え抜かれた舞台装置、燦然と輝く男役トップと娘役トップ（という呼び方が正しいのかわからないけれどメインの役どころの人）のオーラ。ああ、この舞台の上には美しいものしかないのだな。観客はそれで目と耳と心のすべてを洗浄しているのだろう。

演者に男性がひとりもいないシステムは「そうは言っても現実は……」という心のため息を生まないことに気付きました。すべてが余りにも現実離れしていて、実生活に照らし合わせるのは野暮だと思うようになる。とにかく、主役の男役が現実では絶対に絶対に（私の知る限り、としておきましょう）やらないことをやる。たとえば、女々しいという言葉が男性に使われるのが現実ですが、この演目では男の女々しさなど笑えるほどに皆無。ハッ！　とかホワッ！　という声をあげ男役が縦横無尽に動きます。容姿と所作だけで言えば、GACKTのなかのGACKTといったところです。

なにもかもがデフォルメされた様子に圧倒されていたら、思わず声を上げそうになる珍事が私の目の前で繰り広げられました。男らしさにまみれた男（を演じる女）が、地位も名誉も勝利も捨て、情緒的に正しいことを選択したのです。

規律の厳しい組織に所属する期待のホープが？　勝ち負けが命に関わる現場で？　政治的にではなく？　情緒的に正しいことを？　選択する？？？　めちゃくちゃ驚きました。私の現実世界ではいつも、私にとっての情緒的な正しさが男性からないがしろにされてしまうというのに。

一方、ドス黒さが一切排除された娘役を演じるヒロインは、地位と家族を捨て、運命に翻弄されながらも「愛」や「平和」を希求します。これもまた、現実ではお見かけしたことのない女の姿でした。

現実と照らし合わせるのは無粋とわかってはいたけれど、この両者はなかなか衝撃的で、思わず「そんなワケあるか！」と感情が昂ぶりました。情緒的に正しいことを選択した男のことが、頭から離れなくなりました。

30分の休憩を挟み、非合理的だが情緒的に正しいエンディングを迎え劇は終わりました。衣装を着替えた演者たちのレビュー（歌とダンスのショウ）が終盤に差しかかると、背中に大きな羽根を背負ったメインキャストたちが例の階段を下りてきます。羽根って、見ているだけでブチ上がるものだな。発明したどこかの部族は天才だ。演者が背負う羽根の優美さには違いがあり、それは明確な秩序と尊厳を表しているように見えました。なかなか不思議なものを観たとお腹一杯になりながらも、その日はプログラムを購入するまでには至りませんでした。ズドン！　と底が抜けるように嵌まらなかったことに少し安堵しながらオペラグラスを返しにいくと、保証金の５０００円は封筒に入ったピン札で戻ってきました。この劇場が表現しようとしていることすべてが、ここに集約されているように感じました。美しいものしか、観せたくないのであろう。

劇場の外へ出ると、ファンがボーイスカウトのネッカチーフのような布を首に巻いて整列しています。お目当ての演者ごとに色が異なるようで、ネッカチーフではないグループもありました。興味深くそれを見ていると、そのうち演者がひとり、ふたりと楽屋口から出てきます。そのたびネッカチーフ軍団は一斉にしゃがみます。横を通る外国人観光客が驚いて飛び退いていました。

過去にアイドルのプロデュースに関わっていたことがあるので、出待ち入り待ちという文化は知っています。しかし、これほどまで秩序正しいものは見たことがありません。争いやトラブルを避けるための配慮がガラパゴス的に発展した結果なのでしょうか。演者もファンも、見苦しいものは見たくないし見せたくないのかもしれないな。

そう言えば、開演前に見た演者のプラカードを持っていた人たちはなんだったんだろう？　友人に尋ねるとファンクラブの人だそうで、ファンはその人にファンレターを託すのだとか。なんと、ファンクラブはすべて私設！！！　まじかよ！

しばらく待っていると、劇場の前に車が2台現れました。どちらも関西のナンバープレートを付けているではないか。聞けば、私設ファンクラブのメンバーが演者を宿泊先や自宅まで送り届けるための送迎車だとか。まじかよアゲイン！　ファンと演者がそんな近い距離に置かれて、トラブルは頻発しないのでしょうか？　女同士だから大丈夫なんて、そんな理屈通るのか？　え？　これ毎回こういうスタイルなの？　送迎者は毎度毎度、高速に乗り車で東京公演までやってくるの？　フルタイムの仕事をしていたらできないのでは……。ならば、誰のお金でそれをやっているのだろうか。観終わってもなお、わからないことばかりでした。宝塚というシステムへの興味は日に日に募り、私はそのあとも二回、誘われるまま東京宝塚劇場に足を運びました。

二度目の公演は、雪組が演じた日本の歴史もの。誘ってくれた友人が行けなくなったチケットを譲ってくれたので、なんと最前席！！！　宝塚ファンのみなさんには申し訳ない気持ちでいっぱいです。

演目は素晴らしいものでした。今度は人情&悲哀ものでしたが、やはり丁寧に気持ち良くこちらの感情を揺さぶってくれる。今回は下手に抵抗せず感情の流れるままに楽しもうと心に決め観劇していると、「あ、(心が)持っていかれる!」とふるえる瞬間が何度もありました。ベタだなぁと思いながらも、どこかでそれを待っている自分がいる。ベタな展開ほどはしょった無茶をすると興ざめするものですが、そんなことはまるでありません。両隣の女性たちは思う存分さめざめと涙を流していて、それはそれは気持ちが良さそうでした。

前回同様、休憩のあとはレビュー。キラキラした衣装と一糸乱れぬダンスにしばし目を奪われます。ふと視線を下げると、歌い踊る100名近くの演者の靴には、チリひとつ付いていない。目と鼻の先で見たので間違いありません。どの靴もピカピカでした。そこに、宝塚の覚悟のようなものを見た気がしました。ただただ美しく、ただただ華やかで、ただただ絢爛たる舞台。現実のゲの字も入りこむ隙間のない夢の空間。それを実現させるための、陰の努力と細心の気配り。

銀橋を渡ってきた演者は、お客さんの目をしっかり見て微笑みかけてくれます。これもなかなかパンチがありました。アイドル現場では真正面の演者と視線が合うことを「ゼロズレでレスをもらう」と言います。「今日はゼロズレでレスもらった!」と騒いでいたドルヲタの男友達を見て「錯覚なのでは……」と思っていましたが、いまなら君の気持ちがわかる。目線を頂き、またしても満腹になった私はショウが終わってもしばらく席から立ち上がれませんでした。目の前に垂れ下がった緞帳にはSHISEIDOの文字。確か資生堂のコーポレートメッセージは「一瞬も一生も美しく」だったっけ。

三度目の公演は星組のブロードウェイミュージカルでした。立場の違う男女がふとしたことで恋に落ちる物語がコミカルに表現されており、前に観たふたつとはまた異なる楽しさがありました。

三度目と言えば慣れたものと高を括って観ていたら、今回も最後の最後で現実の男（私が知る限り）ではほとんどお見かけしたことのない「女のためにカタギになる」という演出がありました。私の目が着脱式だったら、確実に目玉が床に落ちていたと思います。結婚を機に男を変えようとする女の奮闘シーンがあるのですが、現実ではその手の女は男に煙たがられ、男は女のもとから去るわけです。「俺を変えようとするな」と配偶者や彼氏に言われたことがあるという女性を何人も知っています。私もそのひとりです。

私は「もう、旦那のいる家に帰りたくない！」と号泣した件《くだん》のママ友さんのことを思い出しました。美しい赤じゅうたんが両手を広げるように出迎えてくれるこの空間で、見苦しいものは一切なく、がっかりさせられることもひとつもなく、秩序ある空間で丁寧に扱われる。舞台の上では「こうだったらいいのにな……」と都合よく願うことすべてを叶える男性を女性が演じている。そら旦那のいる家に帰りたくなくなりますわな。

件のママ友さんも、旦那さんを愛していないわけではないのでしょう。ただ、生活を共に暮らすなかで、致命傷にはならない程度のかすり傷を頻繁に負っている可能性はあるのではなかろうか。取るに足らない言葉に傷付いたり、感謝をしてもらえなかったり、オチのない話を咎められたり。それぞれはどうってことない傷なのだけれど、続くとドッと疲労感が溜まる傷。宝塚とは、そういうものを癒してくれる場なのかもしれない。女が男を演じる時点でリアリティなんて誰も求めていないが故に、現実で期待したら一蹴される都合のよい理想が叶えられる空間。

私が観た3作品には、マドンナもビヨンセも出てきませんでした。つまり、他者からどう思われても気にせず、過去の因習にとらわれず、自分の力を信じ単独で未来を切り開いていくタイプの女は出てこない。ガールズ・パワーを誇示するシーンはひとつもありませんでした。すべての演目がそうなのかはわからないけれど、私にはそれが強く印象に残りました。

たった3回でおこがましいのですが、宝塚は観客が観たいものを徹底して観せる大衆演劇だと思いました。日常に傷付いた女たちにとっての、大切な癒しの場。素晴らしいのは、そこに観せる側（製作者や演者）の矜持が感じられること。客に媚びるのではなく、お客さまが観たいものを、期待以上に観せてさしあげましょう！　という心意気とでも申しましょうか。

女の若くて脆くて穢《けが》れを知らない時期、つまり十代半ばから二十代の終わりごろまでを音楽学校と歌劇団で過ごし、その成長を観客が見守る。不躾な一部の異性から値踏みされたり搾取されたりせず、傷ひとつない靴のようにピカピカのまま、最も美しい状態で美しい花を咲かせるのを「観る」ことで「守る」。このシステムの秀逸さにも感銘を受けました。

3回目の観劇のあとは同行者と感想戦を行いました。私以外の3人は長年の宝塚ファン。感じたことを話したい欲求が羞恥心を超え、私は彼女たちに持論をぶちまけます。誰ひとり私の意見を否定する人はいませんでしたが、皆それぞれ異なる持論を持っていました。ピンとくるものもあれば、そうでないものもありました。

ここで私は『マッドマックス～怒りのデス・ロード～』を思い出したわけです。上質なエンターテインメントは、誰が味わっても「これは私のことだ！」と思わせる魅力を持っている。私が「宝塚は○○だ！」と言いたくなったのは、「これは私のことだ！」と感じるなにかがあったからでしょう。つまり、「傷付けられた女にとって癒しの……」という解釈は、なんてことはない、私が傷付きながら日常を生きてきた、宝塚でそれが癒されたというだけの話。件のママ友がなにをどう感じて旦那のいる家に帰りたくなったのか、私がそのすべてを知る由も本当はないのです。ただただ美しいものが観たい人もいるし、ロマンチックな物語に魅せられている人もいる。解釈の数が多いのも良質なエンターテインメントの特徴だと、冒頭で書いた通りです。

なーんだ。私は傷付いてきたのか。いや、わかってはいたけれど、そこそこ克服できたと思っていました。まだまだだったんですね。冷静さを気取って分析なんぞするつもりで、私は個人的な傷を宝塚で癒していました。男の人が非現実で理想の女を追い求めるのも、現実でたくさん傷付いているからなのかもしれません。

ドン嵌まりはしなかったけれど、マドンナやビヨンセが出てくる宝塚があったら私は夢中になっていたかもしれません。現実世界では彼女たちのように威勢よくはできないものの、理想としては運命に翻弄されるより自分の力で立ち上がりたい。誰にどう思われたってかまわないと宣言したい。愛する人がいることは素晴らしいけれど、その人と添い遂げることを至上の幸福とはしたくない。

たった3回の観劇で、宝塚が上質なエンターテインメントであることは十二分に体感できました。食わず嫌いを止めると、いくつになっても新しい発見ができるものです。宝塚、観劇してみて本当に良かった。

解説

中野信子

たいてい文庫の解説というと、中野の場合「脳科学的に見て」という観点をその中にちりばめることを求められるのですが、今日はそんな肩の凝るような立場からではなく、スーさんに憧れる同年代のただの女子（敢えて言おう、女子であると……！）として、この解説を書いてみようと思います。

スーさんと私が話をするとき、私たちはお互いの呼び方についてそこはかとない戸惑いを感じながらやりとりをしています。まるでどちらかが転校生ででもあるかのようなぎこちなさを解消しようという努力はどちらからともなく回避され、敢えてそれを残したまま、不思議な距離感で話をするのです。この感覚はそう悪いものではなく、私にはどこか新鮮で懐かしく感じられ、自由で、心地よかったりもします。

日本語の二人称が事実上死語化しているという事実がこの戸惑いのおおもとにはあるのですが（これはこれで論じる価値のある面白いテーマですがまたいずれ）、たいていの場合は、近い距離同士の間だけで使われるニックネームを使いあうことで、このぎこちなさを解消しようと試みる人が大半でしょう。

でも私たちはそうしていません。使い始めると、距離の取り方が難しくなるからです。互いが遠くにあったときの敬意や憧れの気持ちはその鮮やかさが失われ、言葉に強制されるように互いの意思が互いの意思を縛り合いかねない近さでやりとりをしなくてはならなくなります。

言葉が先導して決めた距離感に従わなければならないような感じは私たちには窮屈すぎます。一般的にはあまり近すぎると同性同士の間であったとしても（だからこそ、かもしれない）お互いに気になることが多くなるでしょう。その堆積がどんな洗剤を使っても落ちなくなってしまった水垢のように心にこびりついてしまった時には、もう遅く、修復のしようがなくなります。それでなくとも私はかなり感じやすく気難しい性質だし、スーさんもおそらくそうでしょう。類稀なる観察眼と、配慮に満ちた文章を書ける人だから、いろいろなことをスルーしてしまうにはあまりに繊細で、多くのことを考えてしまうだろうと思うのです。

スーさんは、めったにお目にかからない、できれば何十年もお付き合いしたいタイプの人です。そうした関係を維持するには、互いの間にある程度の緩衝地帯を設けておくという工夫が必要でしょう。時には近づいてもよいし、一人でいたいときには一人でいられる、という風にしておくのが、どちらにとっても居心地よくいられる、最良の方法なのではないでしょうか。一見やり取りがない時間が長いこと続いても、心をつなぎたいときにはいつでも、つなぐことができる。そしてベタベタといつまでも一緒にいることはなく、再び一人の時間を楽しむためにそれぞれの日常へ帰っていくのです。

はじめて私がスーさんの書く文章に出合ったのはもうずいぶん前のことです。その頃、私は大学院生で、モテ、とか、ゆるふわ、などとは完全に無縁の生活を送っていました。むしろ非モテかつガチでありバリであったので、わかりやすいいわゆる女子力が高いとされる人々のキラキラ感とは違う部分に自己評価の機軸を無意識に求めていたのでしょう。そんな状態だったものですから、スーさんがモテやゆるふわやキラキラ等に対して吐いている冷静な毒と、うっすらと自虐を感じさせる鋭い言葉の数々は私の心に深く刺さり、大いに響きまくったのです。スーさんと私は境遇こそだいぶ違うのですが、30代を迎える女子の抱えるモヤモヤ感をこんなにクリアカットに表現できる人がいるのだということに喝采を送りたいような気持ちにもなりましたし、その驚異的な表現力に妬みの心さえ抱いたことを白状しなければなりません。

ところで、理系の大学院生というのは、その肩書の物々しさとは裏腹に（むしろ比例して?）実に地味な存在です。お金持ちの通う私立大学なら違ったのかもしれませんが、東京大学は私のような貧乏人でも試験に受かりさえすれば入学することのできる国立大学です。少なくとも、当時の東大は地味でした。いや、キラキラした子もいましたが、少なくとも、当時の私は地味でした。

髪はほぼ起き抜けのまま、服はそのまま寝ても3日くらい洗わなくてもしわにならず丈夫で速乾性のあるジャージ素材の御徒町あたりで買った2000円くらいのワンピース、メイクも日焼け止めクリームに色のついた何かを無造作に塗るくらいで、アイメイクをするという発想がない。MRI室に入るので、金属粒子の含まれるアイシャドウやマスカラができないからです。アートメイクなんてもってのほかです。入れ墨談義が昨今では周期的に物議をかもすことがありますが、日本国であろうがなかろうが、洋の東西を問わず、入れ墨をしている人はMRIに入ることができません。強力な磁場により金属粒子で着色されている入れ墨の皮膚の部分に電流が発生しやけどを負うことになるからです。ダメ絶対。

私の研究ではほぼ使いませんでしたが、分野によってはクリーンルームを使うこともあるのでそんなラボであればもちろんメイクはご法度です。単位体積あたりの粉塵を巨額の費用をかけて取り除いている特殊な清潔な部屋の中にあって、粉々しい自分自身が最大の汚染源になるからです。ウェットの実験（培養液を使ったりDNAを抽出したりするやつ）をする人ならコンタミのリスクが上がるのでネイルもダメです。

そんな私たち理系女子はメディアでちやほやされる「リケジョ」とかとはワケが違うんだよ!!と、表立って言葉にすることこそなかったけれど納得できない何かを抱えつつお菓子学校に通うこともなくヴィヴィアン・ウエストウッドのリングを嵌めることもなくグッチのドレスが妙に似合ってしまうなんていうことも起こり得るわけがなく、同じくごくごく地味な大学院生の男子たちに囲まれて修道女のような日々を過ごし、それなりに何かは起こるものの、特殊な生態系が形成されている……それが院生生活でした。

一方で東大にいる、理系の主要成分を構成する男子たちは、東京大学は本郷にあるというのになぜか「アキバ系」「つくば系（もはや東京ですらない）」と呼ばれたりしていました。今でこそ秋葉原は萌えの地として知られているようですが、当時のアキバは男性比率が9割を超える異様な雰囲気をなみなみとたたえた街区であり、実験用に使うスイッチを自作したりPCのパーツを換装したりするために研究室の学生が使う共用の自転車で走り回るような場所だったのです。ようやくメイドカフェがぽつりぽつりとできてきたかなあというくらいの時代。

中野はそんな大学院を修了するやフランスの研究室に行ってしまい、帰ってきてからも企業に就職することなく現在に至っているので、社会に出る（この表現もいつも変だなあと思いながらも使っていますが）どころか就職活動というものすらしたことがありません。ますます、巷の女子との差は開いていくように感じられます。あきらめムード一色です。

スーさんも、もう一般的な女子とはいえないかもしれません。

しかし、それでいてこの文章はすごい。女がアラフォーとなって、自分の意思を守りながらも社会性を維持して生き延びていかなければならない。そのために必要な何かを「甲冑」と表現する言語感覚の面白さ。

モテやキラキラに安易に流されることなく、それらを冷静に観察して、時にはそれに染まろうと四苦八苦しても、自分の中にある確実な自分自身をきちんと大切にできるスーさんだからこそ、こういう言葉を紡ぐことができるんじゃないかと思います。

私はスーさんの語っている内容について、脳科学的な解釈をどうしても話してしまいそうになることがあります。特にラジオや、取材対応などではそういうことが起きます。けれどスーさんは絶妙なタイミングでそれを切ってしまう。そこから先を説明しだすとマニアック過ぎて読者がついてこられないよ、という配慮なのかもしれない。そもそも、スーさんがそういう、ドライすぎる理系な説明をあんまり好きじゃない人なのかもしれないけれど、やっぱりこれはスーさんなりの、不器用だけれど実効性のある、やさしさなんだろうと思うのです。

他の人が同じことをしてもあまり響かないのですが、スーさんがそうするとむしろ心地よいのです。まるで、中野さんは脳科学の話なんてしなくても、ちゃんと話が面白い人だよ、無理に理系な説明なんてしようとしなくても、あなたの価値は私が分かっているよ、と言ってくれているような気分になる。まだるっこしいこともきれいごとも嫌いで、それはわかりにくいしきれいごとだよと喝破する知性を持った人だから、遠くにいてもいつでも、必要な時は分かり合えるという安心感をもって接することができる。

スーさんは、きっと学生時代は同級生の女子たちからモテただろうなあ、という気がします。同性愛という意味合いとはちょっと違うのですが、一クラスに一人、こういう人がいるとすごく学校が楽しかっただろうな、とでもいいますか……。

私たちが望むと望まざるとにかかわらず使い分けてしまう「甲冑」を、分析してわかりやすく解説してみせるスーさんの魔法の筆から繰り出される言葉の数々に今回もまた、してやられた、という気分です。そしてますます私はスーさんを好きになってしまうのです。

（脳科学者）

初出
「CREA」2014年3月号～2016年5月号連載「今月の踏み絵」
5、6、7、8、はい、今日も頑張りましょう！…「小説現代」2014年11月号
トップ・オブ・ザ・女子…「文藝」2015年秋号
リリーの自転車…「BIRD」2013年4号
最高の日曜日…「CREA」2015年10月号
以上を単行本のために大幅に加筆修正しました
七分丈の憂鬱、プチトマトの逆襲、お茶請けレボリューション、働く女の隠し味、
山田明子について、恋愛なんてさ、宝塚を観に行った
以上は単行本のための書き下ろしです

単行本　2016年5月　文藝春秋刊

マネジメント　市川康久（アゲハスプリングス）

DTP制作　エヴリ・シンク

文春文庫

女《おんな》の甲冑《かつちゆう》、着《き》たり脱《ぬ》いだり毎日《まいにち》が戦《いくさ》なり。

定価はカバーに
表示してあります

2018年11月10日　第1刷
2023年6月15日　第2刷

著　者　ジェーン・スー
発行者　大沼貴之
発行所　株式会社　文藝春秋

東京都千代田区紀尾井町 3-23　〒102-8008
TEL　03・3265・1211(代)
文藝春秋ホームページ　http://www.bunshun.co.jp
落丁、乱丁本は、お手数ですが小社製作部宛お送り下さい。送料小社負担でお取替致します。

印刷製本・大日本印刷

Printed in Japan
ISBN978-4-16-791177-5

（　）内は解説者。品切の節はご容赦下さい。

安野光雅
絵のある自伝
昭和を生きた著者が出会い、別れていった人々との思い出をユーモア溢れる文章と柔らかな水彩画で綴る初の自伝。心温まる追憶は時代の空気を浮かび上がらせ、読む者の胸に迫る。
あ-9-7

阿川佐和子
いつもひとりで
ジャズ、エステ、旅行に食事。相変わらずパワフルに日々を送るアガワの大人気エッセイ集。幼い頃の予定を大幅に変更して今後は「いつもひとり」の覚悟をしつつ……？　（三宮麻由子）
あ-23-12

阿川佐和子
バイバイバブリー
根がケチなアガワ、バブル時代の思い出といえば…。あのフワフワと落ち着きのなかった時を経て沢山の失敗もしたから分かる、今のシアワセ。共感あるある の、痛快エッセイ！
あ-23-27

浅田次郎
君は嘘つきだから、小説家にでもなればいい
裕福だった子供時代、一家離散の日々で身につけた習慣、二人の母のこと、競馬、小説。作家・浅田次郎を作った人生の諸事が綴られた文章に酔いしれる、珠玉のエッセイ集。
あ-39-14

浅田次郎
かわいい自分には旅をさせよ
京都、北京、パリ……誰のためでもなく自分のために旅をし、日本を危うくする「男の不在」を憂う。旅の極意と人生指南がつまった、笑いと涙の極上エッセイ集。幻の短篇、特別収録。
あ-39-15

安野モヨコ
食べ物連載
くいいじ
激しく〆切中でもやっぱり美味しいものが食べたい！　昼ごはんを食べながら夕食の献立を考える食いしん坊な漫画家・安野モヨコが、どうにも止まらないくいいじを描いたエッセイ集。
あ-57-2

朝井リョウ
時をかけるゆとり
カットモデルを務めれば顔の長さに難癖つけられ、マックで休憩すれば黒タイツおじさんに英語の発音を直され。『学生時代にやらなくてもいい20のこと』改題の完全版。　（光原百合）
あ-68-1

朝井リョウ
風と共にゆとりぬ
レンタル彼氏との対決、会社員時代のポンコツぶり、ハワイへの家族旅行、困難な私服選び、税理士の結婚式での本気の余興、壮絶な痔瘻手術体験など、ゆとり世代の日常を描くエッセイ。

（松平定知）

あ-68-4

安西水丸
ちいさな城下町
有名無名を問わず、水丸さんが惹かれてやまなかった村上市・行田市・中津市・高梁市など二十一の城下町。歴史的事件や人物の逸話、四コマ漫画も読んで楽しい旅エッセイ。

（松平定知）

あ-73-1

赤塚隆二
清張鉄道1万3500キロ
「点と線」「ゼロの焦点」などの松本清張作品を「乗り鉄」の視点で徹底研究。作中の誰が、どの路線に最初に乗ったのかという「初乗り」から昭和の日本が見えてくる。

（酒井順子）

あ-89-1

五木寛之
杖ことば
心に残る、支えになっている諺や格言をもとにした、著者初の語り下ろしエッセイ。心が折れそうなとき、災難がふりかかってきたとき、老後の不安におしつぶされそうなときに読みたい一冊。

い-1-36

井上ひさし
ボローニャ紀行
文化による都市再生のモデルとして名高いイタリアの小都市ボローニャ。街を訪れた著者は、人々が力を合わせ理想を追う姿を見つめ、思索を深める。豊かな文明論的エセー。

（小森陽一）

い-3-29

池波正太郎
夜明けのブランデー
映画や演劇、万年筆に帽子、食べもの日記や酒のこと。週刊文春に連載されたショート・エッセイを著者直筆の絵とともに楽しめる穏やかな老熟の日々が綴られた池波版絵日記。

（池内　紀）

い-4-90

池波正太郎
ル・パスタン
人生の味わいは「暇」にある。可愛がってくれた曾祖母、「万惣」のホットケーキ、フランスの村へジャン・ルノアールの墓参り。「心の杖」を画と文で描く晩年の名エッセイ。

（彭　理恵）

い-4-136